AU CIEL BLEU CROIRE

DE LA MÊME AUTRICE

ROMANS

Nina, JC Lattès, 2017.

Face aux ombres, Phébus, 2014, Prix Paris.

Sous silence, Phébus, 2011, Préface Boris Cyrulnik, Prix Amic de l'Académie française.

Princesse d'ailleurs, Phébus, 1997, Préface Paul Guimard, Finaliste Prix des lectrices de ELLE - Libretto, 2004.

Rousse comme personne, Stock, 1990 - Éd. Hors Commerce, 2007, Prix Georges Brassens, Prix Littérature Cannes.

NOUVELLES

Boris Cyrulnik par Catherine Enjolet, Duetto, 2015.

Au balcon du ciel. A Terrace on the Sky. A Balcony on Cielo, Escales littéraires. Literary Escapes, 2014, *Le Figaro*.

Mémoires d'enfance, Phébus, 2008, Nouvelles.

ESSAIS

Relions-nous, Préface Matthieu Ricard, Verone Éd., 2023.

Plaidoyer pour l'adoption affective, Pocket, 2011.

Parrainer les enfants d'à côté, Éd. Rue de l'Échiquier, 2009.

Femme d'engagement, Tokyo Éd., 2007.

L'Amour et ses chemins : Paroles à deux voix (avec Jacques Salomé), Pocket, 2007.

Ceux qui ne savent pas donner ne savent pas ce qu'ils perdent, JC Lattès, 2006.

Les Liens du sens, Ramsay, 2003.

The Changemakers, Nikkei Business Publishing Tokyo Éd., 2003.

En danger de silence, Robert Laffont, 1999, Préface Boris Cyrulnik, J'ai lu, 2000.

ALBUM

Une étoile pour chacun, Préface Yves Duteil, Belin, 2006.

Nabiscounaberne, avec J.-F. Ferrané, Album Hatier, 1986.

Le titre reprend un vers de Louis Aragon issu du poème « J'entends, j'entends… » recueilli dans *Les Poètes*

www.editionsphebus.fr

ISBN : 978-2-7529-1389-0

CATHERINE ENJOLET

AU CIEL BLEU CROIRE

Il n'y a pas de hasard
il n'y a que des rendez-vous

Paris : PHÉBUS, 2023

ISBN: 9782752913890

Vous voudriez au ciel bleu croire ?
Je le connais ce sentiment
J'y crois aussi moi, par moments
Comme l'alouette au miroir
J'y crois parfois je vous l'avoue
À n'en pas croire mes oreilles
Ah, je suis bien votre pareil
Ah, je suis bien pareil à vous…

Aragon, *J'entends, j'entends.*

À mes lecteurs qui m'apprennent à lire mes pages, et se lisent en moi.

Ma gratitude

À Paul Guimard, auteur des *Choses de la vie* qui révèle nos « Concours de Circonstances ».

À Boris Cyrulnik qui transforme nos parcours d'épreuves en « Merveilleux malheur ».

À l'écrivaine Benoîte Groult, mère d'Adoption Affective.

À mon double.

À mon éditeur, Robert Laffont, déterminé à « Aider la vie », au Professeur Laborit qui libère des souffrances. Au photographe Édouard Boubat, et à l'Académicien Frédéric Vitoux qui dimensionnent nos regards.

À ma complice Mireille Darc, à Sœur Emmanuelle et au Père Philippe qui révèlent chacun à soi-même.

Au Fondateur des Villages d'enfants SOS, aux témoins de résilience, et aux inconnus familiers qui mettent des repères sur nos routes.

Au Ministre urgentiste Xavier Emmanuelli qui fait croire à la Providence.

À nos cheminements pas à page.

PRÉFACE

Un tout pouvoir de métamorphose

par Boris Cyrulnik

La mémoire ne connaît pas le temps.

Nous sommes une mémoire qui agit.

Catherine Enjolet écrit sur tout ce qu'on ne dit pas.

Sous Silence, *En danger de silence*, *Face aux ombres*, dans une douzaine de romans ou essais, l'auteure écrit inlassablement sur le *Lien* et le *Sens*, les deux mots-clés qui peuvent tout changer.

Écrire, c'est prendre le pouvoir.

C'est rencontrer l'inconnu familier. L'autre soi-même.

C'est identifier la toute-puissance de ce qui nous dépasse.

Nous sommes nos rencontres.

Des inconnus surgissent dans nos vies, reste à les reconnaître.

Reste à identifier leur rôle. Ce que nous dit celui ou celle qui traverse ou pénètre nos existences.

Rendez-vous improbables d'anonymes ou de célébrités, chaque hasard peut modifier le cours et le sens de notre « destinée »...

Comment les reconnaître, les identifier ?

Comment ne pas rater nos messagers ?

Écrivain, et Conseiller présidentiel comme Paul Guimard, illustres personnalités ou inconnus, chacun tissent miraculeusement les *Liens du Sens* jusqu'à Benoîte Groult bientôt même *mère adoptive* et Catherine Enjolet retrouve ses re-pères comme autant de petits cailloux sur sa route.

De Mireille Darc à Sœur Emmanuelle, personnalités publiques, stars ou personnages de l'ombre, proches ou inconnus ; chacun, chacune renvoie un reflet de soi-même, une complétude.

Nos rendez-vous sont des balises sur nos parcours...

Une à une, les pièces de puzzle se mettent en place.

Découvrir l'autre, c'est à la fois élargir son monde et accéder à une connaissance de l'intime de soi.

Ces rencontres peuvent tout changer. Modifier notre regard porté sur ce qui nous fait et détermine nos parcours.

Catherine Enjolet ne se contente pas d'écrire.

Les mots ne suffisent pas. Il faut agir.

« Sans *Lien* et sans *Sens*, on meurt. »

Elle crée son organisation internationale *Les Liens du Sens - Meaningful Links* pour tous ceux et celles qui ne comptent pour personne. *Par milliers*, des volontaires se rencontrent, tissent des liens, offrent de la nourriture affective, changent le cours de leur vie.

Au ciel bleu croire est un livre partage.

Un cheminement, un chemin de résurrection au-delà des épreuves mortifères. L'écrivaine s'exprime, ne craint plus de *mourir de dire*.

Elle dévoile le tout pouvoir de la découverte de soi, de l'autre, proche ou inconnu ; elle met en lumière ce qui ne se voit pas. Offre un regard sur les âmes blessées.

Il faut du temps pour reconstituer notre parcours.

Un mot. Un geste…

Du magique *apprivoise-moi* du *Petit Prince* au tout pouvoir du regard porté, Catherine Enjolet éclaire, à chaque page, le sens de nos étapes. Révèle nos « pour qui ? pour quoi ? ».

Nos rendez-vous sont des balises sur nos parcours.

À chaque ligne apparaît, magique, le tout pouvoir de la Rencontre.

Celle de l'inconnu familier.

Celle de l'écrivain.

Celle… du lecteur.

Avant-propos

« *J'ai longtemps vécu seule sans jamais personne à qui parler véritablement…*

jusqu'à une rencontre dans le désert » ; venue de nulle part, une voix, un jour, m'a apprivoisée.

Il arrive que nos déserts s'éclairent, que des « renards » improbables s'approchent… et que des inconnus nous apprivoisent.

Quelles sont ces rencontres auxquelles on doit la vie ?

Il faut du temps pour saisir l'ordre des hasards. Pour retrouver les rendez-vous avec ceux et celles qui placent des petits cailloux sur nos routes. Il faut du recul pour repérer nos balises, discerner ce qui sauve de ce qui tue.

« *Vous devez écrire* » phrase sésame.

Il est des rencontres qui font naître à soi-même.

Il faut du temps pour reconnaître celles qui redonnent vie, pour identifier nos étapes et les moments où tout se joue, pour apprivoiser la mémoire, faire parler les non-dits et traverser parfois des épreuves mortifères ou des enfances sous terreur.

Contre les silences qui bâillonnent, révéler comme on arrache les pansements sur des plaies. Prendre le risque de dire… quand les mots sont des bombes.

Comment, sans se stigmatiser, mettre en mots l'indicible ? Reconnaître un passé qui ne passe pas. Rejoindre la multitude de ceux qui ne peuvent pas parler. Abandon, terreur, agression, emprise ou viol de l'enfance… Comment partager ce que l'on tait ? Mettre au jour ce que l'on enfouit.

Tout dire ?

Transformer alors le malheur en épreuve ; métamorphoser ce qui fait baisser la tête en ce qui la relève. Ce qui rabaisse en ce qui grandit ?

Oui. Écrire…

Il est des enfances qui étouffent.

À deux ans, branchée sous tente à oxygène avant placements à la Ddass et déplacements dans des fermes d'élevage, comme des milliers de mes semblables, j'apprends la survie.

À la mort d'un père à peine aperçu, j'obtiens libération ; « rendue » à ma mère pour le cadeau d'un nouveau-né, je deviens la… « p'tite mère ».

Des hommes de passage s'y trompent…

Surgit bientôt un « *Aigle Noir* ».

Silence.

Bouche cousue.

Prédateur qui tue.

Je rejoins la liste de ceux et celles qui ne peuvent pas parler.

Il n'y a pas de mots pour ça.

Je suis morte. Morte pour la vie.

Il faut du temps pour retrouver les pièces majeures de nos puzzles.

Titrée « la lie de la société », j'ai même droit à surenchère en classe ; je suis « *Celle qu'il ne faut pas Être* ».

C'est la vie... « garder toujours le sourire », précepte maternel.

Bâillonner ce qu'il faut taire ; les marquages, les non-dits enfièvrent... Stop !

Disparaître.

Juste en finir...

J'ai des prières, des *s'il vous plaît !...* plein la tête.

Il arrive que même la mort ne vous veuille pas.

Absentéisme, exclusion scolaire m'ouvrent grand les cours du soir accélérés.

Les formations professionnelles s'enchaînent. Très vite s'avère le flot surprise d'emplois intérimaires.

Stagiaire impromptue dans les studios de Billancourt, je découvre les tournages, le monde du cinéma, en immersion çà et là à l'éclairage, à la technique ou au montage, l'assistanat me vaut les rencontres avec les plus prestigieux acteurs et réalisateurs.

« Ça tourne !… » Sur les plateaux comme dans ma tête.

Présente à toutes les étapes d'élaboration de scénarios, je ne tarde pas à participer aux concours de courts et moyens métrages et à me lancer, plus tard incitée par les plus expérimentés, dans la réalisation et recevoir, invitée d'une soirée TF1, le Prix du jeune cinéma français.

Rattrapée par des études en candidat libre pour salariés, j'accumule cours par correspondance, formations diplômantes, inscriptions universitaires, et concours sans relâche.

Admise plus tard au Concours d'Entrée à l'École normale, le jury me validera à l'issue des formations ; professeur de… *« l'Être ? »*.

Reste à dresser les mots remparts.

Contre le passé plus-que-présent, écrire, page à page, ce qui ne se dit pas.

Sous silence… quand l'écriture met en mots l'indicible, enfance et commencements sous terreur où la vie tire à boulets rouges.

Contre l'autodestruction, combien d'années de divan analytique pour accoucher de soi ?

Écrire ce qu'on ne peut pas dire ? Faire parler les silences comme on arrache les pansements sur des plaies.

Écriture salvatrice au bord du gouffre.

– Associez.

La vie biologique ne suffit pas : il est des rencontres qui nous donnent vie. Tissent du *Lien*, créent du *Sens*.

Écrire ? Déceler les attachements mortifères ? *En danger de silence.*

Partager les étapes salvatrices avec le lecteur.

Comment survivre aux premiers pas d'une enfance à l'abandon ?

Reste à rejoindre la multitude de ceux et celles invisibles survivants de la maltraitance indicible, de l'abus ? Condamnés au mutisme, à la survie.

Reste à apprendre, plus tard, à donner ce que l'on n'a pas reçu.

Face aux enfants de ma propre histoire, je crée *Les Liens du Sens - Meaningful Links*, lance, entourée d'innombrables soutiens, le concept d'*Adoption Affective*, d'abord en France puis au-delà ; *Affective Adoption.*

Pour que tout enfant compte pour quelqu'un.

Des liens pour chacun.

Dire pour ceux et celles qui ne peuvent pas, ligne à ligne sur la corde raide du mutisme. *Parler pour que la honte change de camp.*

Dire pour survivre.

Où tout cela me mène ?

À mes frères et sœurs de résilience.

Aux lecteurs ?

Des rencontres, repères sur ma route, m'ouvrent au monde. Pas à pages, le ciel s'élargit.

Rien n'arrive pour rien ?

Le temps d'apprendre à vivre, il est déjà trop tard, chante Aragon.

Se réconcilier avec soi, avec son histoire.

Déceler aussi les instants de lumière.

L'écriture me porte, m'exporte. Romans. Essais. Je crée les *Rencontres Littéraires Monde - Literary Escapes* qui rassemblent écrivains et lecteurs.

Partage sans frontières du tout pouvoir des mots.

S'il faut du temps pour retrouver nos balises, s'interroger sur le sens de nos parcours quand le brouillard se lève, le temps révèle ses moments clés ; ces hasards qui savent de nous ce que nous ignorons.

Page à page, se reconnaître. Reconnaître l'autre pour se trouver soi-même.

Ouvrir les yeux sur les rencontres majeures. De celles qui peuvent tout changer.

Les âmes s'attirent selon des lois inéluctables, seule l'ignorance parle de hasard.

Apprendre à lire nos vies.

Découvrir ceux et celles qui apparaissent comme des repères sur nos itinéraires, célèbres ou inconnus ; Mireille d'Arc, Boris Cyrulnik, Sœur Emmanuelle et… découvrir nos alliés de métamorphoses.

Rencontres qui émerveillent. Qui font croire en ce qui nous dépasse.

En complicité avec le lecteur, donner sens à l'insensé.

Remercier. Se remercier.

... Au ciel bleu croire.

J'écris pour la même raison que je lis. Créer un écho.

Susciter la Rencontre. Au-delà de nos différences, trouver, dans l'autre, son semblable. Se relier.

Écrire, lire pour ne pas être seul.

Écrivain et lecteur se cherchent, deux inconnus se reconnaissent en partage des non-dits. Lire ? Écrire ? Une traversée. Une bouteille à la mer.

Écrire, c'est dire aux autres ce qu'on ne se dit pas à soi-même.

J'ai pu témoigner dans mes romans ou essais d'un parcours *Sous silence* ; des abus qui appellent à « en finir ».

Écrire pour survivre. Dire l'indicible. Transformer l'abandon en épreuve qui rassemble. Fraternité de résilience.

Quand écrire, dire pourtant ne suffit pas, j'ai choisi d'agir. De créer le *Parrainage d'Enfants en France,* et faire vivre *Les Liens du Sens - Meaningful Links* jusqu'à l'international. *Pour que chacun compte pour quelqu'un.*

Il arrive que l'on avance dans l'existence, à l'aveugle, pour survivre à l'impensable.

Apprendre alors à reconnaître l'autre soi-même.

S'ouvrir à l'improbable, à la métamorphose.

Des « inconnus » peuvent tout changer. Il faut du temps pour rassembler les points de hasard qui forment un… dessein ? Qu'est-ce qu'on est venu vivre sur cette terre ? Comment réparer les blessures, les agressions ? *Brisez le silence avant qu'il ne vous brise.*

Écrire, lire, c'est entrer en résonances.

Cela a un joli nom, cela s'appelle *La Rencontre.*

Les ressemblances avec des personnages existants ou ayant existé sont réelles

Il faut du temps pour que les malheurs qui pétrifient se métamorphosent, pour que des circonstances modifient nos regards comme de furtifs soleils percent les nuages.

Apprivoise-moi.

Les pages, une à une, retrouvent les coïncidences, recomposent le portrait ignoré de soi-même.

Repérer son chemin, de hasards en étapes, déchiffrer les croyances à l'œuvre dans nos vies, c'est partager alors ce qui nous relie, au-delà de nos différences.

Chacun de mes titres évoque une phase de transformation.

Quelles sont les étapes de nos vies ?

Quelles sont les rencontres qui déterminent nos parcours ? En changent le sens ? Proche, célèbre ou anonyme, ils ou elles surgissent. On ne se rencontre pas pour rien.

Inconnu ou personnalité publique, chaque rencontre miroir éclaire des fragments d'existence, décrypte les mots SOS, offre une clé à chaque chapitre.

Écrire, lire pour se relier.

Les réactions en retour témoignent d'une complicité auteur/lecteur, embarqués, pas à pages, à la reconnaissance, l'un et l'autre, de leurs silences qui n'en finissent pas de se dire.

Des *Choses de la vie*, de l'écrivain Paul Guimard, Conseiller Présidentiel qui orchestre *l'Ironie du sort* en littérature, au cinéma comme dans nos vies, au psychiatre Boris Cyrulnik, grand frère de résilience qui « transforme le malheur en épreuve », de l'écrivaine Benoîte Groult à Mireille Darc ou Sœur Emmanuelle, Femmes d'Exception qui apprennent à saisir la magie de nos vies, à mon éditeur Robert Laffont qui me délivre d'*En danger de silence* ou au Ministre Xavier Emmanuelli, Urgentiste auprès des sans-abri... et d'inoubliables inconnus, tous tissent, mot à mot dans ces pages, le *Lien* et le *Sens* et nous apprennent à élargir nos vies.

« *Nous sommes une mémoire qui agit* », me confirme l'éminent Psychiatre Henri Laborit en signant mon Plaidoyer pour « l'*Adoption Affective* » avec les Personnalités d'Honneur et tous ceux qui offrent un repère vital aux enfants *Sans affectif fixe* ; ces *S.A.F* frères et sœurs de mon histoire.

Chaque lecteur peut retrouver, en écho, les rencontres balises de son propre parcours et tisser alors, point par point, la tapisserie de sa vie.

Ouvrir les yeux sur le tout pouvoir de la Rencontre. Accueillir et métamorphoser ce qui nous dépasse.

Reconnaître le fondement de notre parcours de vie.

Identifier les coïncidences qui nous mènent, sans savoir, où nous devons aller.

Laisser alors le sens, pas à page, enfin émerger. Devenir soi.

Une rencontre peut tout changer. Peut avérer ce qui ne s'imagine pas.

Un appel ? Une lettre ? Un livre ? Un inconnu croisé ?

« *Il n'y a pas de hasard, il n'y a que des rendez-vous* »… qu'on ne sait pas lire.

Auteur, lecteur, pas à page, au plus proche d'un face-à-face.

Envoûtant jeu de miroirs.

Vous voudriez au ciel bleu croire… ?

CHAPITRE 1

1

À nos rencontres qui nous mènent sans savoir où nous devons aller

Pour que tout recommence,
Pour que rien ne meure.

Rousse comme personne,
C. Enjolet.

– Vous devez écrire !

C'est la première phrase de l'écrivain en vogue, Paul Guimard, que je retiens.

Comment reconnaît-on les mots qui vont changer votre vie ?

Le Conseiller Éditorial se présente au téléphone après lecture détaillée de mon manuscrit dont il a noté, en exergue, un extrait.

Je reste sans voix à l'appareil.

Je viens justement de voir, au cinéma, l'interprétation culte de son livre *Les Choses de la vie*, avec Romy Schneider en vedette.

Lauréat du Prix des Libraires, l'éditorialiste de

L'Express sélectionne les jeunes talents. J'écoute, mutique.

Mon silence bat à tout rompre. On dirait une musique de film en arrière-fond.

J'avais presque oublié mon envoi, comme une bouteille à la mer, de ma toute première version d'un roman autobiographique. Professeur de Lettres stagiaire, j'ai posté un manuscrit sans y croire.

J'aimerais lui faire répéter.

Repère-t-on les moments qui décident de nos vies ?

J'écoute, fébrile, l'écrivain médiatisé qui ponctue posément ses phrases.

La voix détache les mots sésames ; Responsable du Comité de lecture, il est sûr d'avoir repéré l'émergence… d'une écrivaine.

C'est un laissez-passer que je reçois.

Comment percevoir la portée d'un instant ?

– Vous-devez-écrire !

L'homme de Lettres, qui bat des records de traductions dans le monde, m'assure de ses félicitations et des étapes d'accompagnements éditoriaux. Il m'apparaît de ces écrivains démiurges qui dirigent les personnages, orientent la lumière vers celui ou celle qu'ils repèrent.

J'ai des « pourquoi ? », « comment ? » plein la tête.

Il me semble aligner, mot à mot, les phrases comme on se retient à un fil.

L'écriture, « originale », souligne-t-il, de mon manuscrit a fait l'unanimité et…

La voix assurée au téléphone cite des passages de mon manuscrit, « *écrire pour que rien ne meure, pour que tout recommence…* », c'est bien la fonction de l'écriture, n'est-ce pas ?

Il confiera plus tard : « C'est à peine si, en retour, j'ai entendu le son de ta voix. »

– Je propose de vous rencontrer.

Le responsable du comité de sélection énonce déjà les étapes, le suivi de mon parcours. Je voudrais remercier, ma gorge se serre comme si…

Est-il de ceux dont on n'a pas idée, qui apparaissent en gros plan sur l'écran noir de nos nuits blanches ?

Comment s'inscrivent les premiers mots d'un chemin tracé ? Peut-on imaginer jusqu'où ?

Il semble m'écouter, m'entendre sans que je parle.

J'ai lu chacun de ses romans ; impressionnée par ses approches de *L'Ironie du sort* ; la grave légèreté de l'auteur m'intimide. Son regard porté m'éclaire.

Les livres sont nos repères.

J'entends sa voix calme citer des extraits de mes pages.

– « *J'ai l'habitude de mourir, c'est la vie* » ; un début de roman qui intrigue. Apprendre à… revivre, pas mal comme habitude à prendre aussi.

Nos silences s'échangent comme on fait connaissance. Les siens, les miens, familiers, se répondent.

Savons-nous déjà que nous aurons tout notre temps ?

Quand découvrirai-je, bien plus tard, au hasard d'images d'actualités télévisées, son rôle officiel de Conseiller Personnel du Président Mitterrand à l'Élysée ?

J'en rirai comme d'une facétie de *L'Ironie du sort.*

L'écrivain m'impressionne comme s'il pouvait avérer chacun de ses titres prémonitoires. Normal !

Où ai-je lu que le regard se dessille… lorsqu'on est prêt à voir ?

J'acquiesce sans voix à notre rendez-vous.

Une date dans mon agenda.

Une heure arrêtée au cadran de la montre.

Ça peut commencer comme ça.

Le « parce que c'était lui, parce que c'était moi » explique-t-il que, d'emblée, il m'ait accueillie, à notre première entrevue, par un « … Vous êtes irlandaise ? ».

Je ne m'attendais pas à ça.

Ma chevelure vive et mes taches de rousseur ?

Non, pas du genre à se fier à ce qui se donne à voir ; au-delà de toutes sortes de brumes ou de brouillards, la lumière intérieure ne lui échappe pas.

Je me sens transparente, comme s'il me percevait, s'attendait à moi, me reconnaissait d'un même territoire.

J'irai vérifier, dès l'été suivant, ses paysages par-delà des brumes et brouillards; oui, en Irlande la lumière surnaturelle émane de la terre et l'âme irradie sous n'importe quel ciel.

L'homme de l'ombre le sait; ne pas chercher la lumière sur soi mais en soi.

Il lit à haute voix l'exergue de mon manuscrit à notre première réunion de travail. « *Ma vie ressemble à un ténébreux orage…* » (il laisse des silences…) « *traversée… par de brillants soleils* », n'est-ce pas ?

Il a surligné les premiers mots… « *Je respire ou je ne respire pas ?* »

– En effet, la vie commence toujours comme ça; c'est le moment fatidique du « j'y vais ou j'y vais pas ? ».

– À un souffle que tout se joue, confirme-t-il; vie et mort indissociables dans votre texte. Héroïne sur un fil.

Dispensée de la question « est-ce que c'est autobio ? »… je me sens à découvert quand il pose son regard sur moi; à la question « pourquoi écrivez-vous ? » il ne douterait pas de me voir cocher la case « survivre ».

À quel moment sommes-nous prêts à « lire » nos histoires, à décrypter nos récits ?… à repérer les étapes, le sens de nos parcours ? Quand et comment parvient-on à mettre des mots sur l'indicible ? Il remarquera plus tard; j'ai « des silences qui parlent ».

– Étrange… avais-je vaguement marmonné à une amie en raccrochant le téléphone la toute première fois.

Je n'avais pas trouvé à expliquer la durée de l'appel qui l'impatientait.

– C'est le Responsable Littéraire au bout du fil et…

Comment rendre compte de ce qui vous dépasse ? En découvrir le sens, et peut-être même… ?

– Quoi… Qui ?… Quel fil… ?

J'avais juste répété, mécanique, après elle ; oui… « quel fil ? »

– Sait-on jamais qui on rencontre ?… Pour quel rôle ? ajoutait-elle pensive, et ceux qu'on laisse passer ?

Elle qui ne lit pas beaucoup accueillerait bien, pourtant, du romanesque dans son existence.

– Comment apprendre à déchiffrer nos parcours ? Nos « Choses de la vie » ?

Je ne manquerai pas de le remarquer ; au fur et à mesure de nos rendez-vous, le Conseiller Éditorial ne prend jamais de notes.

Les petites *Choses de la vie* n'échappent bientôt plus à l'observateur attentif. Je ressens sur moi comme un regard d'artiste qui portraitise ce qu'il perçoit.

Il souligne bientôt, quand nos mots s'apprivoisent, le jour de ma naissance.

– Tu es née à Pâques, non ?

Je confirme ce qu'il semble pourtant savoir.

S'abstenant de la fine allusion classique à « l'arrivée des cloches », il relève simplement :

– Tiens… juste le samedi pascal ?

« Alors, symboliquement, comme Jésus…

– Ah ?…

– … entre mort et résurrection.

Entre les deux… pareille, oui, à l'héroïne de mon manuscrit, funambule sur la corde raide de la vie.

– Aïe !… ironise celui qui, des années après cette « tergiversation originelle », présidera magistralement à ma vraie mise au monde.

– Oui, j'ai tout juste entendu le son de ta voix à notre premier entretien, rappellera l'attentif Chargé de sélection.

J'ai des silences qui parlent… il m'apprendrait peu à peu, bientôt alors à ses côtés, à entendre ce que l'on ne dit pas :

« Écoute-… *toi.* »

Juste, oui, un merci atone à celui qui a l'âge d'être mon père, qui en a la carrure, le regard grand large, prend place et semble savoir de moi ce que j'ignore.

Et plus encore. La voix poursuit :

– … la vie nous est donnée, reste à la prendre. À prendre… ou à laisser.

C'est comme une feuille de route que je reçois du grand maître des *Concours de circonstances* traduit dans le monde qui m'observe, impassible, comme ses personnages qu'il laisse venir au fil de ses pages.

Clair, face à moi tandis qu'il parle, le ciel s'élargit. Son et image. Ça tourne. Je surprends son regard qui semble m'ouvrir à l'impensable, comme à une évidence.

– Tu es venue, tu es restée, le plus complexe reste à faire, soupire bientôt le Conseiller qui semble me précéder sur un chemin tracé. Il ne suffit pas de naître pour être en vie.

– Respire !

La Commission de Sélection ne valide pas si souvent une femme, et surtout… si jeune. L'omniscient qui perçoit les rencontres et leurs itinéraires oriente-t-il les destins comme ceux de ses personnages ? Lit-il ente les lignes ? Manie-t-il le sort comme son héros de *Rue du Havre*, vendeur de Loterie Nationale qui délivre des billets de la chance ?

Le suivre me conforte et m'impressionne à la fois.

Orchestre-t-il les coïncidences romanesques comme celles qui vont diriger ma vie ?

L'auteur adapté façonne-t-il les destinées ?

J'avance sur un fil.

Suis-je invitée au bal des hasards comme ses personnages interprétés par les têtes d'affiche, Yves Montand et les autres ? On se regarde : qui est le plus étonné des deux ?

Pour quel rôle le Conseiller littéraire me dirige-t-il, pas à pages ?

– T'as de la chance ! avait encore marmonné plus tard mon amie, comme pour elle-même, on doit tous avoir des moments de rencontres qu'on ne capte pas… un coup de fil ou quelqu'un que l'on croise… des instants que l'on ne sait pas reconnaître. Toutes ces *choses de la vie,* oui, à saisir. On devrait apprendre…

À quel moment cesse-t-on d'avancer à l'aveugle, décrypte-t-on nos parcours ?

Comment un instant inattendu peut-il orienter notre vie ? Une sorte d'aiguillage imperceptible, à peine un léger enfièvrement qui passe trop vite.

– Bizarre… insistait-elle encore comme pour chercher dans sa propre vie et se sentait soudain sur le qui-vive et comme si, oui, à m'observer, elle affûtait son regard, répétait ses « qui sait ?… » pour elle-même.

Et si les hasards, comme des pièces de puzzle, un à un, s'imposaient… et si ?… Imageries plein la tête.

Où tout cela me mène… ? Clap ! C'est parti.

Plan large.

– Rendez-vous à l'Élysée…

Depuis combien de temps suis-je régulièrement reçue par l'Écrivain-Conseil dans son bureau pour les étapes de réécriture ?

– … à l'Élysée !… me répète la secrétaire de Paul qui l'entraîne déjà, toutes affaires cessantes, vers une secrète priorité, aux allures d'Affaires d'État.

Je reste seule dans le bureau sans comprendre.

Je répète après lui, mécanique, « ... oui, à l'Élysée... » j'imagine le nom du bar du bout de la rue que sa collaboratrice, très mobilisée, me confirmera, sans doute, au prochain rendez-vous.

... À « l'Élysée » ?

Je découvrirai son roman parodique du pouvoir... *L'Ironie du sort* ne fait que commencer.

J'en rirai, bien plus tard, devant les images télévisées officielles de l'Élection Présidentielle ; mon Conseiller Littéraire en première ligne, parmi les proches du Président Mitterrand, vers le Panthéon !

J'ignore que les titres de ses livres sont des indices, que les *Concours de circonstances* sont en marche, que j'approcherai, un jour, le Président de la République pour des *Choses de la vie* plus intimement encore, sur les rives irlandaises de Paul et de sa célèbre épouse Benoîte Groult qui nous honoreront de leurs casiers de pêches miraculeuses, en toute simplicité et... sous protection du GIGN.

Je ne sais pas encore...

« Notre vie dépend à 99 % du hasard, mieux vaut le reconnaître pour savoir où l'on va », avais-je lu quelque part.

« Où l'on va ? » Je restai hésitante comme une enfant à ses premiers pas.

Face aux lumières irréelles des côtes irlandaises, je penserai à ces rencontres de légende qui vous éveillent parfois d'un simple regard. Au-dessus des falaises, les mots de Victor Hugo souffleront à mon oreille ; il y a ceux que l'on connaît à peine et changent le cours de notre vie.

Dans ma vie, l'auteur-navigateur prend la barre, semble-t-il. Pour quelle découverte ? Pour quelle rive ?

Mon amie m'observe comme si, avec moi, elle embarquait, comme si, elle aussi, apprenait à voir, comme si une brume se dissipait, comme si l'imperceptible…

Je m'accroche à la voix du Responsable Littéraire qui répète son sésame pour la vie. Je me sens prête au défi. Sa voix résonne.

– … en attendant… vas-y… écris !

2

Il n'y a pas de hasard, il n'y a que des rendez-vous

J'ai l'habitude de mourir, c'est la vie.
Je garde toujours le sourire.

Princesse d'ailleurs, C. Enjolet.

– Rencontre ma fille…

Précipitamment appelé à très hautes fonctions confidentielles, mon Conseiller Littéraire m'a laissée sans voix en me recommandant, en hâte, une nouvelle maison d'édition où sa fille vient de lancer une collection Jeunes talents.

Oui, justement.

Un simple « rencontre ma fille » a provoqué l'improbable avec Blandine de Caunes, nouvellement responsable d'une collection littéraire. La toute récente Responsable Littéraire.

Concours de Circonstances ou… Ironie du sort ?

N'ai-je pas eu du mal à croire à une parution enthousiaste dès mon retour d'un semestre d'enseignement universitaire aux États-Unis ?

Le *Rousse comme personne*, portrait d'une femme, « héroïne du quotidien », couronné de deux Prix Littéraires, est très vite accueilli de Rencontres-dédicaces à travers la France et jusqu'au Canada.

Critiques et interviews télévisées m'ont valu un « Voilà » naturel de la nouvelle Directrice de collection, Blandine de Caunes, comme s'avère simplement une évidence.

Combien d'années après le fatidique *vous devez écrire*... ? Qu'importe.

Le hasard ne connaît pas le temps.

– ... lis la critique littéraire de la semaine !...

La voix insiste encore au téléphone.

La vie va crescendo tout comme ses recommandations et elle a eu peu de mal à me convaincre d'enchaîner le second titre et je m'étais fiévreusement enfermée plus d'un été.

« Attention, la parution qui suit un premier succès est souvent délicate, n'avait-on pourtant pas manqué très professionnellement d'insister. L'auteur ne doit pas décevoir au deuxième roman... c'est là qu'un écrivain est attendu et... »

– ... Lis !

Je cherche la rubrique *Livre* de la rentrée littéraire sans comprendre.

C'est une critique, pleine page du journal, que je découvre consacrée alors à *Princesse d'ailleurs*.

Je retiens émue le gros titre de l'article :

Un témoignage en forme de bijou
qui transforme la souffrance en œuvre d'art.

Un récit autobiographique de *Catherine Enjolet*...
par *BORIS CYRULNIK*

Une subtile analyse de l'éminent psychiatre me donne à lire ce que je venais d'écrire.

Je n'en reviens pas, de la signature de l'écrivain éthologue dont je découvrais seulement, alors, le premier livre puis ses recherches sur la... « *résilience* ? ».

Boris Cyrulnik, déjà médiatique mais dont je ne sais rien en écrivant *Princesse d'ailleurs*, réagit à mon récit qu'il titre : « *Une enfance sous silence* ».

Il a repris, en exergue, ma phrase – qu'il aurait pu écrire, me confiera-t-il plus tard :

« *J'ai l'habitude de mourir, c'est la vie, je garde toujours le sourire.* » N'apparaît-il pas dans ma vie au moment où je me jette à l'eau ?

Juste au moment où « j'ose », où je lance, oui, les mots balises que le psychiatre ne manque pas de reconnaître pour en avoir éclairé ses propres nuits et qu'il salue dans son article.

« Ne pas chercher à fuir le malheur... me souvenais-je avoir noté sur un de mes carnets, mais plutôt grâce à qui le surmonter. »

… à qui ?

Combien de temps, ensuite, avant de rencontrer, pour la première fois, à une inauguration de Salon du Livre, le désormais renommé Professeur Cyrulnik, à l'allure plutôt d'athlète.

N'avait-il pas fallu, oui, nombre de hasards, petit à petit, comme des tracés imperceptibles, pour se découvrir aux croisements de rencontres qui semblaient tisser inexplicablement les liens ?

Des dédicaces à des Salons Littéraires méditerranées me le faisaient, désormais, côtoyer souvent, même si les entretiens avec les lecteurs laissaient peu de place aux conversations personnelles.

Si Boris et moi échangions parfois un signe de loin, pouvions-nous savoir que nous commencions un jeu de piste incommensurable « *d'ironies du sort* » ?

Quand et à quelle occasion littéraire nous découvririons-nous, tous deux, proches… tiens ?… de Paul Guimard ! ?

Une photo de presse *Salon du Livre* ne nous montre-t-elle pas, l'un et l'autre, des années plus tôt déjà, assis – par hasard – de chaque côté du « découvreur de talents » ?

Cliché précurseur de nos liens à venir… « qui sait avant nous, semble-t-il, ce que l'on ignore ».

– Normal !

Boris a des regards qui portent au loin.

Le psychiatre qui n'en finit pas de donner sens à l'insensé, qui murmure à l'oreille de ses lecteurs, laisse des respirations et des silences se dire.

Boris ne me titre-t-il pas dans son article… « *Princesse de la résilience* » ? Résilience ? Je découvre tout juste son concept.

Qui peut percevoir la partition émotionnelle qui relie le psychiatre à la professeure de *l'être*, et qui nous réunira à mon lancement officiel des *Liens du Sens* ; innovation associative de *parrainages affectifs et éducatifs* en faveur des enfants seuls, vite développée à l'international ?

Faut-il être sans parents pour en inventer aux autres ? *Donner ce qu'on n'a pas…*

On ne se rencontre pas pour rien.

Comment imaginer un parcours en résonances pour Boris et moi, à une génération de différence ?

Un jeu de piste facile pour le psy…

Quel itinéraire se reconnaît-on ? Quels placements et déplacements pour la trop petite ou pour l'aîné qui a surmonté « nuits et brouillards » ?

– Comme moi, tu en feras forcément quelque chose ; livres ou engagements… pas le choix.

Patient, Boris semble décrypter les cheminements, planifier les étapes, mot à mot, pas à page, comme page à page vers ses lecteurs.

On se regarde. Quel est le plus étonné des deux ?

– Nos vies ?… Rien d'autre que nos rencontres, n'est-ce pas ? Reste… à les reconnaître.

À leur donner sens.

Leur dimension romanesque.

Qui, de Boris ou de moi, peut déjà savoir qu'il acceptera, plus tard, la Présidence d'Honneur de mon Organisation bénévole d'*Adoption Affective* ?

« Pour que chacun compte pour quelqu'un ».

Qu'il m'honorera un jour, officiellement, « pour de vrai », au Sénat ?

S'en étonner ? Le psy, de renommée internationale, qui décrypte nos existences, leurs fragments, leurs étapes, a des sourires qui parlent.

Rien que de bien normal… Juste nos parcours à élucider.

Nos livrets de vie à déchiffrer. Paroles et musiques.

Apprendre à entendre les résonances.

À percevoir ce qui ne se voit pas.

– Ce qui nous dépasse ?…

L'instant s'inscrit dans ma mémoire comme la pièce maîtresse d'un puzzle. Fragments inconcevables.

– Nous sommes plus grands que nous.

Et si ?…

Nous nous connaissions bien avant de nous rencontrer.

3

À ce qui nous mène sans savoir où nous devons aller

> Palais San Salvadour ?
> … un nom comme un songe. Un quelque part…
> Un ailleurs comme un mirage un *hier* sans repère.
> – Tu connais, Boris ?
>
> *Boris Cyrulnik par C. Enjolet.*

La mémoire ne connaît pas le temps.

J'écoute, comme en confidence, la voix feutrée de Boris.

Il ponctue de silences ses mots.

– Tu évoquais bien le *Palais San Salvadour* dans ton livre… n'est-ce pas ?

À la soirée d'un Salon du Livre Varois, je me retrouve au dîner des écrivains, juste aux côtés du psychiatre, Invité d'Honneur. Il a de ces regards paisibles qui vous lisent.

Il interroge non pas les faits… mais les effets. Non, pas les histoires mais leur impact.

– Oui… en effet, mais je ne sais pas où c'était.
– Tu ne sais pas ? s'étonne-t-il.

Il me semble reprendre nos échanges comme si nous poursuivions, au tutoiement, une conversation de toujours.

J'ai l'envie d'en rire, par instants, comme d'un jeu qui m'échappe. Le réel a plus d'imagination que la fiction.

Mon amie, qui m'interroge souvent sur mes « jeux de piste bizarres », semble elle-même, peu à peu, se questionner « c'est sûr que nos vies, vues avec recul… on y reconnaît forcément d'étranges *Concours de circonstances*… D'ailleurs, elle constate, depuis qu'elle en parle autour d'elle, ceux, nombreux, qui interrogent les inexplicables de leur vie, les « pourquoi ? », les « comment ? », les « … vers quoi ? » qui s'éclairent. Pour peu que l'on observe de plus près nos étapes, c'est vrai…

Qui n'aimerait pas repérer les moments clés ? Saisir les rencontres miroirs comme des éclats de lumière ?

– Tu ne sais vraiment pas ?…

Devant mon air éberlué face à ses questions, Boris a un sourire tranquille lorsque nous nous retrouvons de l'autre côté de la baie.

Il désigne le rivage. Je découvre les paysages de cartes postales, les rives méditerranées de rêves. Mer et ciel se confondent. Les scintillements hypnotisent.

Les pensées s'échouent sur le rivage.

Un imposant Palais s'étage des rives jusqu'aux hauteurs de la colline d'en face.

– … oui, petite, j'étais dans un Palais.

Le Palais *San Salvadour* m'évoquait le lointain.

Boris me regarde sans comprendre en répétant le nom que je cite ; …« San Salvadour » ?

– … tu sais, oui… ce palais que j'évoque dans *Princesse d'ailleurs*.

Certains moments ont des allures de contes de fées que la réalité dépasse.

« San Salvadour »… un nom qui évoque un *Ailleurs*… un obsédant nulle part que les vagues, inlassables, effacent et rejettent sur le sable.

Il est des instants qui ignorent le temps. Les distances.

Boris répète après moi.

– *San Salvadour* ?

Le sourire de mon super aîné de résilience me surprend, intrigué, il semble tenir les évènements à distance comme on observe, et me fait préciser.

– Enfant, oui, je suis allée dans un Palais.

Rien que de bien normal quand on naît « prédestinée », ironise celui qui n'a pas oublié mes pages.

Il me fait confirmer le nom et se tait, pensif.

– Ah oui, je comprends encore mieux le titre de ton roman « Princesse… d'*ailleurs*… ».

On le dirait occupé à traduire l'indicible.

J'ajoute encore :

– Je ne sais pas où c'était.

Ai-je jamais su expliquer aux journalistes, ou même m'expliquer, ce titre que j'avais choisi : *Princesse d'ailleurs* ?

– Tu ne sais pas... ? reprend-il d'un ton posé avec la patience d'un guide. Vraiment ?

Celui qui apparaît, tard dans ma vie, semble la connaître depuis le début. Savoir ce que j'ignore. Le psy souffle sur la mémoire, dissipe doucement les brouillards.

– Princesse... d'ici, rectifie-t-il, à haute voix pour lui-même, semble-t-il.

Il sourit, hésitant comme s'il avait trop à dire.

Sa voix cependant s'est faite grave. Il parle bas. Le cri des mouettes ponctuent.

– Tu es en face.

Je ris ironiquement comme d'une farce tandis qu'il me regarde.

Nous sommes, non loin de chez lui, sur la presqu'île de Giens et il désigne la côte.

– En face ?...

Mer et ciel se confondent. Les scintillements irisent jusqu'au large. Les pensées s'échouent sur le rivage.

Je n'y crois pas. Même si des dédicaces à des salons littéraires méditerranées m'ont souvent fait côtoyer Boris, les rencontres avec les lecteurs privilégiaient peu les échanges personnels. Tout en nous, pourtant, raconte.

Les mêmes vibrations émotionnelles, les mêmes regards qui s'ancrent face au large. Un même territoire. Une même appartenance. Pour… quoi ?

Le Sens est plus fécond que le sang.

– Regarde ! insiste Boris. Tu ne vois pas ? Regarde !

Fébrile, je m'enlace de mes bras comme on se protège et fais sourire l'observateur.

– Non… Enfin… si…

Boris semble traduire mes silences :

– … je vois, oui, une prestigieuse bâtisse face à nous.

Battements de temps.

– … un palais, oui…

Il hésite.

– … mais…

Il prend alors le ton d'un médecin prudent qui adoucit son verdict :

– … sans princesse.

Sa voix laisse des respirations entre les mots.

– Ce palais a été donné à l'Assistance Publique.

Boris m'observe et touche ma main comme on prépare délicatement quelqu'un.

– Le Palais San Salvadour est… un hôpital.

Il semble s'excuser d'une voix enveloppante comme on ménage doucement.

– L'édifice, comme son parc, est réservé aux enfants… aux enfants très « carencés » de la capitale.

Les vagues, devant nous, écument.

– Carencés ?

La mer déferle. Je bafouille.

– Mais… comment… mais comment le sais-tu ?

Il a son timbre calme de psychiatre.

– Le Palais San Salvadour était ma première affectation de médecin.

Je m'enfièvre. Je n'y crois pas ! Les mouettes crient. Les vagues effacent le sable. Je calcule sous son regard.

– Toi, tu avais à peine vingt ans. Et moi… (je compte sur mes doigts)… deux ou… ?

– Alors…

Les vagues insistent.

– … peut-être étions-nous dans cet hôpital San Salvadour… en même temps.

– … et donc cet « Ailleurs » qu'évoque mon roman, tu le connaissais.

Les « peut-être » fiévreux s'enchaînent.

Les rives s'estompent, semble-t-il, comme un fondu cinématographique.

– Mais alors…

Je m'entends tâtonner les suppositions.

– C'est peut-être pour cela que tu as écrit, sans me connaître, cet article sur *Princesse d'ailleurs*.

Le paysage prend des teintes délavées de décor.

– Et moi qui savais à peine qui tu étais alors…

San Salvadour, colossale ironie accrochée aux collines, juste face au village où je viens de « choisir » – croyais-je – un pied-à-terre d'écriture, « pour la vue », m'étais-je entendue dire.

« La vue ?... » Face... au Palais.

– Tu as donc la mémoire longue... ironise Boris, ... même sans le savoir.

Ai-je en tête ses articles sur les empreintes inconscientes ? Sur la mémoire émotionnelle qui ignore le temps ?

Au large, les vagues s'étirent impassibles, je voudrais rire.

– Face où tu vis, toi aussi, Boris.

– Tout cela... à Hyères.

Hyères que j'écrivais d'ailleurs « Hier » la première fois que j'ai noté, au téléphone, des coordonnées de Paul qui terminait un roman, un hiver, avec son épouse Benoîte Groult sur ce littoral et qui s'étonnait : « Tu ne connais pas ? »

– ... « Hier ».

Un silence avait pesé.

J'avais retenu un « ... je devrais ? ».

Le paysage semble irréel sous l'intensité du soleil.

Entamons-nous, Boris et moi, un jeu de piste incommensurable, de « Concours de circonstances » en « Ironie du sort » au sens indéchiffrable des « Choses de la vie » ?

On se regarde, quel est le plus étonné des deux ?

Je fixe le Palais avec des « comment ? », des « pourquoi ? » anesthésiants plein la tête à ne plus savoir ce que je ressens. Est-ce que je livre, de San Salvadour, un souvenir fabriqué, un vide romanesque, une errance qui condamne à un no man's land ?

... ou à l'écriture peut-être ? ironise Boris.

Les mots savent de nous ce que nous ignorons.

Je me sens chavirée au rythme du ressac et du jeu transperçant des rayons qui fouillent l'horizon, et si, au contraire, enfoui, le souvenir – interdit – de San Salvadour était si puissant qu'il m'avait ramenée, comme les dauphins ou les oiseaux, par ondes ou vibrations, ou comme des...

– ... des « pigeons » ?

L'ironie n'échapperait pas à Paul.

– Pourtant, n'est-ce pas, Boris, à deux ou trois ans, on n'a pas de souvenirs ? Donc ?...

L'éthologue apprécie :

– La question serait, donc : sommes-nous... des pigeons ?

J'aime les yeux de Boris qui rient, son humour qui semble avoir raison de tout.

– Un vrai sujet pour les chercheurs...

Allez ! En attendant, m'assure-t-il méthodique, je peux commencer par trouver mon dossier aux archives San Salvadour de Hyères.

– « ... Hier », oui...

Silence.

Paul m'a-t-il dirigée, sans savoir, sur ces rives, face à l'immensité, pour que les vagues effacent le passé, pour que l'écume chuchote, caressante comme on console… « c'est fini… c'est fini »…

Pour que je respire, désormais, à pleins poumons et laisse les peurs s'échouer, pour que j'écrive face à San Salvadour et que le Palais se métamorphose, comme dans les contes.

Nos rencontres ont-elles des pouvoirs inconcevables ?

Boris et moi face aux facéties de l'espace et du temps.

Sait-on repérer les moments clés ? Ceux qui déverrouillent notre regard, nous dimensionnent ? Quelle probabilité pour que… ?

Les mots se perdent au large, reviennent, intarissables sur le sable.

– Plonger San Salvadour dans l'oubli… plutôt astucieuse, en fait, la si petite ! N'avais-je pas trouvé le « truc » ? Le néant comme refuge.

Mais c'est bien sûr ; ne pas vivre… pour ne pas mourir.

Les mots, les images s'éparpillent comme les plans sur la table de montage de mon premier court métrage.

Paul, d'emblée oui, avait insisté… « vous devez écrire ! ».

– Les enfants en souffrance s'anesthésient, pas le choix, affirme Boris.

Avec tes pages désormais, tu t'ouvres à toutes les métamorphoses, à tous les miracles.

Combien de fouilles administratives, d'excavations d'archives enfouies faudra-t-il, bien plus tard, pour exhumer mes dossiers de placements et déplacements, puis mon extrait d'admission à l'Assistance Publique et retrouver mon inscription avec la crainte de raviver, en Boris, ses propres indicibles matricules ?

Je suis le numéro 93 103.

Silence entêtant du ressac.

Un soleil ironise entre les pins.

Boris et moi face aux chuchotements des vagues.

– On croit pouvoir occulter notre passé, mais nos hasards, nos rencontres, nos pages, comme des pièces de puzzle, se chargent de reconstituer notre histoire.

La lumière joue, inlassable. Les rivages se révèlent sous le vent.

– Pourquoi Hyères – ou... « hier » – maintenant ?

Il semble me guider à tâtons sur un chemin enfoui.

– Sans doute parce que tu es prête... pour toi... pour les autres...

Les lignes s'affranchissent au large.

– ... « Princesse » oui, évidemment...

Son regard porte au loin. Le temps semble étal. Le psychiatre qui n'en finit pas de donner sens à l'insensé, qui murmure à l'oreille de ses lecteurs dans le monde, laisse des respirations, des silences.

– « Transformer le malheur »…

Je regarde Boris comme une énigme.

Comment trouve-t-on quelqu'un que l'on ignore chercher ?

Les pages de *Princesse d'ailleurs* qu'il a retenues décrivent un itinéraire que lui, le médecin, connaît à double titre ; « Je l'ai fait comme toi. Avant toi. »

– Facile ! En fait, les enfants confiés à la Ddass connaissent les mêmes placements et déplacements. N'est-ce pas ?… Même enfouis, pourtant ça ne s'oublie pas.

On se reconnaît.

Funambules sur un même vide.

– J'ai connu le parcours, vingt ans avant toi, c'est pour ça que je le sais. Nous avons presque gardé les cochons ensemble.

– Tu devais être au « bon air » réglementaire après maladie mortelle.

Pourtant…

Le doute qu'il retient pour lui-même me fige.

– … Bizarre… Tout parent avait obligation de vaccination contre la mortalité de la diphtérie, depuis bien avant ta naissance, et donc… comment toi, tu n'as pas…

Devant ma pâleur soudaine, il tempère des « enfin », « faut voir… », répète, comme on adoucit un choc, des « peut-être… ».

« *J'ai l'habitude de mourir, c'est la vie, je garde toujours le sourire* » ; il avait relevé la première phrase de mon roman ; ... un sourire d'autodéfense pour survivre...

– Et toi, Boris, comment avais-tu su développer une voix à peine audible face aux hurlements nazis ?

L'un et l'autre, la mort aux trousses, pareille à un chien qui tient au mollet...

– Oui... mais, toi et moi, n'est-ce pas... (il tente un de ses sourires)... on sait courir...

Il a des regards qui défient. La voix qui susurre.

– Maintenant, il faut avancer doucement dans nos histoires. Pas à page.

Ce qu'il faut de hasards pour que... Hasards ?

Le scientifique en connaît les défis de la logique. Son itinéraire d'errance face à la Grande Histoire.

Mon itinéraire face à l'errance de l'Histoire Familiale.

– Tu peux demander, à la Ddass, ton dossier de placements et puis...

Quels témoins a-t-il retrouvés, lui, pour métamorphoser le chaos, transformer le « malheur » ?

Parcours de résilience à deux voies.

– ... le hasard, oui... ce qui nous mène – sans savoir – où nous devons aller.

Mais... comment fait-on pour se reconnaître ? Je retiens mal mes questions naïves. L'éthologue qui a appris le langage des mouettes sait-il décoder... ?

J'ignore encore que celui qui traduit les silences, qui manie le langage des non-dits, répondra, au fur et à mesure de ses publications, aux questions qu'on ne pose pas, et que je l'entendrai bientôt, sur tous les médias, à l'aise, de sa voix qui chuchote comme en confidence avec plus grand nombre.

J'ignore encore que je publierai plus tard, en hommage à notre rencontre, *Un portrait à deux visages* dans une nouvelle Collection, « Rencontre d'écrivains ».

Lui et moi. Voilà.

La voix de Boris feutre les mots. Les vagues soupirent.

Il orchestre une musique, cherche le *la*. Me regarde.

– Vas-y, pas à pas… Les silences ponctuent.

– … Mot à mot. Tu sais… « Plus on parle à l'intime, plus on parle à la foule. » C'est comme ça que l'on existe.

C'est comme ça qu'on devient écrivain.

4

Le présent n'est pas un temps simple

> La campagne se terre.
> Le silence tremble quand le jour tombe.
> Le fermier de la pommeraie gronde.
> « La Ddass lui place une gamine ! Une môme de Paris qui fait rien que chouiner !… » Le bâton menace.
>
> *Sous silence*, C. Enjolet.

– Vous cherchez quelqu'un ?

Peut-on croire à des apparitions magiques comme celle du Petit Prince dans le désert ?

Une silhouette apparaît à une croisée de chemins. La campagne couleur terre s'étend, inerte.

Comment la voix qui m'interpelle pourrait-elle savoir ce que je traverse ? Chercher ?

« Qui craint de souffrir souffre déjà de ce qu'il craint », j'ai gardé la phrase en poche pour affronter la route vers les noires forêts morvandelles que je croyais effacées, j'avance comme sur un terrain miné à la recherche d'un passé. Je me surprends à chantonner comme on s'encourage à traverser l'obscurité.

La voix forte qui brise l'épais silence semble magiquement ranimer, comme dans les contes, le hameau figé.

Au « ...Vous cherchez quelqu'un ?... » qu'elle répète, je tais « oui... moi... peut-être... ? ».

La villageoise a le visage illuminé de rayons de soleil transperçant son chapeau de paille. Ah ? Alors, comme ça, je parcours, au hasard, les hameaux de la région...

On la dirait sortie d'un tableau impressionniste – « ... à la recherche de l'endroit où j'étais placée ? »

Est-ce que je n'hésitais pas à repartir juste au moment où sa voix m'interpellait par-dessus des sonnailles de troupeaux ?

Je tiens un petit papier où sont notés les repères de Boris, confirmés par mes rendez-vous, dont je ne me croyais jamais capable, aux Archives de la Ddass. Combien sommes-nous entre le besoin d'oublier et la nécessité de savoir ? Je me répète sa phrase comme un mantra... Ne pas chercher à fuir le malheur, mais trouver plutôt quelqu'un pour le surmonter.

Quelle chance ai-je de m'y retrouver dans ces bourgades recensées pour les placements d'enfants ? Combien d'anciens « récipiendaires » s'y perdent ?

Des vaches curieuses approchent des haies, font

tinter leur cloche comme un accueil sonore. La fermière, sans âge, a un large sourire de bienvenue comme si elle m'attendait de tout temps.

L'épreuve redoutée, mille fois repoussée, prend des allures de conte de fées. Je me retiens de rire.

On ne sait jamais quelle surprise vous réserve le passé.

« Comment donc je m'appelle ? »

Le bourg résonne quand elle crie tout à coup à ma réponse.

Elle m'attire, émue et tremblante, vers la porte grande ouverte de sa ferme, se laisse tomber sur une chaise comme quelqu'un qui revient de loin, et me considère... Un son de radio parvient peut-être d'un voisinage... Alors, comme ça je suis la petite sœur du p'tiot dont elle avait la garde ?

– Qui peut croire ça ? !

Elle me tutoie d'emblée. La Marie-Louise roule les rrr. Son accent et ses intonations fortes me rappellent les Morvandiaux qui se hèlent de ferme en ferme.

Au déclenchement de carillon d'une vieille horloge, elle s'interrompt longuement comme si elle y percevait un signe, me regarde, impressionnée... ; c'est donc l'heure ? !

Je comprends qu'elle était de ces paysannes que l'on disait nourrices de l'Assistance Publique, censées élever, au bon air, les orphelins de la capitale.

Émue, elle me fixe, songeuse... Et son p'tiot ? Elle

et son pépé l'adoraient et on leur a enlevé, du jour au lendemain !

– « On » ?

– Les services sociaux sont venus le prendre, pardi ! Pouf... comme ça !...

Elle revit la scène le souffle rauque comme si elle courait toujours derrière son p'tiot. Elle me regarde. Elle n'en revient pas...

– On dirait que je t'ai sentie, puis je t'ai vue. Pour un peu... (Elle se parle à elle-même.) Faut pas rater quand la vie vous fait signe...

Elle se ressaisit, comme on reprend pied.

– Toi... t'étais chez le gros con de Toine !

Soupirs et yeux rougis, ses éclats de voix semblent secouer l'inertie du village.

Ça sent la ferme. Le verger. L'air fait bruisser les feuillages et rythme, au vent, les silences.

– Ça y allait... ça y allait ! (Elle mime le geste de coups sur ma tête.) Ça y allait !...

Elle m'invite à entrer dans sa salle de ferme sombre aux allures de musée de la vie rurale. Elle est seule désormais, plus personne, même dans le patelin ! Très pauvre, le Morvan subsistait en accueillant les enfants des Services Sociaux ; « c'est fini depuis longtemps ».

Ah, elle, la Marie-Louise, comme elle l'a cherché son p'tiot, même envoyé une cousine à Paris pour le retrouver !

– Si beau avec ses grands yeux bleus ! Toujours

dans les nuages, le surnommé « gobe-lune » avait bien trouvé l'astuce, plus grand que toi le frérot, assez pour avoir tout compris. Tout glissait sur lui comme l'eau sur les plumes d'mes canards.

Elle m'observe, compte sur ses doigts. Les années ?... Cherche-t-elle mon âge ?

– Sûre... t'es une belle femme !...

Un vacarme, au passage d'un tracteur, fait trembler les vitres.

– On a fini par trouver l'adresse de vot' mère à Paris.

Marie-Louise lève les yeux au ciel, indignée.

– Ah celle-là !!... Rien trouvé de mieux que d'avoir un aut' gosse dans le ventre, et vous... Pftt !... Dieu sait encore où...

Emportée, la fermière sort des dessus-de-table en dentelle, fait tinter les verres des grandes occasions, les couverts alignés dans son lourd buffet en bois foncé qui sent l'encaustique. Elle parle fort, semble faire du bruit à tout prix comme on ranime un décor, ouvre à la volée, avec de grands gestes, ses volets, « faut que ça revive ! » ; images arrêtées qui se raniment, elle s'interrompt au moment du carillon, le doigt en l'air, elle suit le mouvement du balancier comme si l'horloge libérait un temps suspendu au cadran.

Et n'est-ce pas que j'vais tout de même bien manger quelque chose, pas vrai ?... Elle me fixe et m'adresse un clin d'œil.

– Pas d'œuf !

Elle répète d'un air entendu :

– Promis… n'est-ce pas… Pas d'œuf !

Je dois soudain m'asseoir.

Comment peut-elle savoir… ? Tout s'embrouille et m'enfièvre.

En analyse depuis plus de dix ans, mes répulsions profondes m'ont ajouté combien de séances ?

– « Œuf ? »… (Ma psy n'y résistait pas, à croire qu'elle s'en régalait.) « Œuf »… Associez !… Vie utérine… fœtus…

– Vous ne supportez pas l'œuf ?

La psy se frottait les mains. Maternité… ? Vous rejetez ? Elle désignait encore et toujours le divan… associez !

Aujourd'hui, l'œuf est sur la table. Tout bêtement.

Marie-Louise repousse d'un geste le panier couvert de paille. Je lui fais répéter, mal assurée.

– « … Pas d'œuf » ?…

– Ben, le gros con de Toine, là-haut, qui te gardait à la Pommeraie… tu te rappelles donc comme tu étais chétive ?… T'en faisait gober… de force !!

Elle hésite, chuchote presque comme si on pouvait l'entendre. « Faut dire… »

Elle se lance, gênée, comme on répète une sinistre consigne.

– On n'a pas le droit de laisser mourir les enfants de l'Assistance Publique.

– C'est donc vrai que t'écris ? Comment donc que t'es devenue... ? L'ancienne institutrice du canton m'a découpé un article de journal, elle t'a vue à la télé.

Combien de courriers de lecteurs en retour !

– Tu te rappelles donc point où que tu étais ?

Elle soupire... Viens !...

Il arrive que se rembobine le film de nos vies, accéléré ou plan fixe.

Marie-Louise avance du pas d'un témoin déterminé à tout dire.

– Suis-moi...

Elle m'emmène par les chemins qui desservent les hauts prés. Des poules caquettent, çà et là. Des oies, plus loin, se battent. Allez, à la Pommeraie ! Tu vas tout savoir !

Les pommiers sont là. Peut-être même les tourterelles, peut-être même les roucoulements. Un long corps de ferme sur un terrain en pente. Quelque part, un son de radio. Est-ce que je reconnais ? Je réponds d'incertains oui/oui. Au travers d'une vitre noircie, une salle basse et sombre avec cheminée, le reste de la ferme, tout en longueur ; l'abri pour les bêtes.

– Tu dormais en haut.

J'ai l'impression d'une voix off qui commente.

Une échelle de meunier mène à un demi-palier de grenier mansardé. Un couchage. Des ombres cauchemars. Ça sent la peur.

Ma phobie du noir s'étend sur la paille.

Je voudrais rire de mes années de psy, de mes avancées à tâtons, de mes explorations de divan, d'une de mes formules que ma thérapeute amusée m'avait fait répéter… « Moi, la nuit… faut que je voie clair. »

« Ah ?… » La psy se frottait les mains ; « … Bien temps, oui, d'éclairer vos nuits. »

– T'as donc froid que tu trembles on dirait, s'enquiert Marie-Louise.

Ça grince en descendant l'échelle. Ça geint à mon oreille.

La fermière désigne les bâtons alignés contre les marches… Tu vois ?… Elle mime les gestes violents sur moi.

– Ça y 'allait, ça y 'allait !!

Je n'entends plus.

Comme enfant, je coupe le son, brouille l'image noir et blanc.

Je reconnais les bruits off. Je plonge à nouveau dans un film muet sous un ciel immensément absent. Les voix ne passent pas. La rivière gronde.

Le vent tremble dans les arbres, des roucoulements peut-être quelque part… ça sent le foin et les pommes, j'ai l'impression d'avancer parmi des signes symboliques. Le fermier peut hurler je suis ailleurs. « … *Ailleurs* ? »…

La tête me tourne. *Princesse d'ailleurs*… le titre de mon roman, à nouveau, nargue. N'avais-je même pas su me l'expliquer ?…

on efface la souffrance, elle a trouvé le geste comme elle devait souffler sur les bobos d'enfants. La cicatrice sur mon crâne, que je ne peux pourtant pas voir, me complexe-t-elle depuis toujours comme un marquage ?

... Ben c'est fini ! Pfuif !...

Les cloches d'une chapelle, confirment l'envol. Souffle-t-elle aussi sur le ciel, l'inconnue familière qui dissipe si bien les ténèbres ?

La lumière se fait intense. L'horizon du Morvan s'ouvre. Marie-Louise ralentit le pas. Quelle chance avais-je de trouver un témoin ? Boris qui me lançait dans mes recherches ne s'était pas trompé.

– Sacré Dieu, autant chercher une aiguille dans une botte de foin !

Elle rit avec moi.

– Et pis, c'est moi qui t'ai devinée... Tu aurais bien pu continuer à tourner en rond. Pour se trouver, faut être deux à se chercher.

À combien d'enfants, désormais, mon Organisation d'Adoption Affective a-t-elle mission d'éviter les placements ?

Le Morvan âpre s'étend, sans limites. Intact. Hors le temps.

Peut-elle savoir, ma témoin de résilience, que d'innombrables « Marie-Louise » désormais marrainent des « p'tiots » sans repères autour d'elles, par mon association internationale de volontariats ?

À ses côtés, les paysages noir et blanc dans ma

mémoire s'avivent ; bruissements d'insectes sur les chemins de noisetiers, bêlements, mugissements ou caquètements familiers, comme avant. Un camion-épicerie klaxonne quelque part dans la campagne. Ça sent la ferme. Non loin, le foin.

– Est-ce que je ne portais pas un collier autour du cou avec un numéro ?

Marie-Louise tient ses poings sur ses hanches.

– Quel collier ??? Jamais eu ça, lui, mon p'tiot.

Pourtant, je sais.

Je passe, malgré moi, une main habituelle sur mon cou, comme chaque fois que je veux libérer ma gorge serrée. Chaque fois que je me sens étranglée, étouffée.

Un jour, à force de recherches, d'acceptations du passé, on trouve.

Je guette, attentive, le froufroute des tourterelles. Les murmures lointains de la rivière, le jeu des couleurs, des rayons de lumière qui bercent, le chuchotement des silences si fort, parfois encore, que j'en tremble.

Marie-Louise a jeté le plus gros des bâtons du « con de Toine » dans la rivière.

Les remous s'engloutissent, s'effacent. Gloussent. Voilà !

Une main glisse dans la mienne. Les béances se referment.

5

Métamorphose

La mort palpite. Nargue, diabolique.
Des *au secours* plein la tête.
Des prières pour que tout s'arrête.
Je meurs chaque soir en m'endormant.

Sous silence, C. Enjolet.

« Ce qui ne vous tue pas vous rend plus fort » ?…

Je m'en veux de cette phrase qui nargue comme une consolation au réveil.

Boris me découvre gênée, le regard encore brouillé de larmes tandis que je reste assise à la fenêtre de sa cuisine, face au jardin… S'il faut être mal pour aller mieux, merci !

J'essaie de me reprendre, de sourire.

Sa femme Florence et lui ont préparé, la veille, la table du petit-déjeuner. Il ne dit rien.

Je vois qu'il a vu… Il sait. Il a lu les terreurs nocturnes, les « je meurs chaque soir en m'endormant » ;

les passages de mes livres forment un fragment d'images dont il n'ignore rien lui-même.

Boris comble les abîmes.

Des exemplaires d'*Un merveilleux malheur* s'alignent sur une étagère, face à moi. Le psychiatre métamorphose les maux.

– Désolée, Boris. C'est la première fois que je me laisse surprendre par l'obscurité.

Le café lentement est versé. Je fixe les pins, la mer à l'horizon et les pointus ivres de vagues au ponton.

– … J'ai paniqué cette nuit dans le noir.

Je n'ai même pas fait attention, tant on se parlait, aux volets de la chambre d'amis qu'il a soigneusement fermés.

Dormir dans un lieu inconnu ?

Habituellement en mode « veilleuse », toujours sur le qui-vive, je m'assure nécessairement d'un point de clarté.

Je me suis affolée cette nuit, en m'éveillant brusquement à la recherche d'un interrupteur, à tâtons dans l'obscurité. Le cœur dégoupillé, j'ai dû me retenir à tout prix, la bouche contre l'oreiller pour ne pas appeler, jusqu'au narquois premier rai de jour par-delà les volets.

– Tu as pris la peur de l'obscurité à la Ddass, n'est-ce pas ?

La voix de Boris est calme.

J'essaie de plaisanter… « qu'est-ce qu'on peut attraper comme trucs !… »

– Il est temps pourtant… (Je sens, à son regard, qu'il s'apprête à me charrier.) … de mettre « au clair » ta peur du noir.

Je regarde, au-delà des pins, vers le large.

– Toi aussi alors tu as dormi dans un grenier ?… Tu y étais seule ?

Il entre de plain-pied, comme chez lui, dans mes silences. Devine-t-il mes premières recherches de placements, lui à qui des « Marie-Louise » ont permis de confirmer les pièces de puzzle de son propre itinéraire ?

– Moi, ça me plaisait, évoque-t-il.

Pas de « terreur face à la nuit » ; non, lui parlerait plutôt de… « magie » !

– Magie ?…

– Il faut dire que j'y dormais avec le fils aîné de la ferme. Nez à nez émerveillé face à la Voie lactée, tu vois ?…

Non, je ne vois pas.

– … Le jeune paysan m'apprenait à me repérer aux étoiles, nous, on était des grands de plus de dix ans, c'était l'aventure ! J'aimais ça…

De son ton de conteur, Boris poursuit, jamais sa voix ne se force mais fascine, comme s'il tenait à distance un vécu énonçable qu'en récit.

– … Grâce à lui, mon étoile devenait celle du Berger, magique, je ne pouvais plus me perdre. Voilà.

Il a la voix suave de ses cours en amphithéâtre.

– On peut vivre de mêmes choses. Oui, sans le même vécu.

Des « Alors ? »... des « Pourquoi ? »... J'ai des « Comment ? » silencieux plein les yeux.

– À presque une génération d'intervalle. Sauf que, moi, j'avais l'âge de raison. J'étais costaud.

Il égrène les mots d'un ton de conteur, comme on reprend le cours d'une histoire. Boris, héros solide, poursuit, tranquille :

– Et j'avais, avec moi, quelqu'un qui illuminait les nuits.

Les images du film *Jeux Interdits* se surimpriment tandis qu'il parle ; celles du jeune fermier qui métamorphose, pour la petite orpheline, les pires images de la guerre et des morts en univers féerique.

Lui Boris, était-il, déjà, si posé, si affirmé ?

– Surtout, poursuit-il, j'avais eu des parents aimants. Investi très tôt, j'étais armé, la vie avait du prix. C'est toute la différence avec toi !

Il a un ton qui apaise, le sourire d'aîné qui sait.

Ça chante dans ma tête... « *quand tout vous abandonne, on se recrée une famille* ».

Il laisse des silences qui amplifient ses mots.

– ... Repérables à leur uniforme, mes ennemis, tu vois ?

Tes agresseurs, à toi, étaient justement ceux chargés de te protéger... Comment alors se défendre ?

Comment « voir clair » ?...

Facétieux, il insiste ; tu... vois ? J'essaie un sourire ; ...oui... je crois.

Ce n'est pas tant le réel qui compte... mais son vécu.

« *La vie est un état d'esprit... rien que cela, un état d'esprit* » ; je l'avais écrit sur un de mes petits carnets d'adolescente, avant d'ajouter plus tard... « *La mort aussi. Rien que cela, un état d'esprit.* »

Me sentir nulle, face à Boris, d'avoir pleuré chez lui ? C'est tout juste, semble-t-il, s'il ne m'en féliciterait pas.

Il y a des bravos dans ses silences.

Ça y est ! Ta peur du noir s'éclaire ?... Pas mal !

Il ressert le café.

– ... Mettre « en lumière » les traumas les transforme en épreuves.

Il parle bas comme en confidence.

– Ne rien savoir pour se protéger ?... C'est tentant mais... Attention, danger !

Il détache lentement les mots ; « se protéger enferme. Empêche d'avancer, de décoder, de donner sens... ».

Les cris des mouettes ponctuent, tout près sur le rivage. Sa voix a le rythme des vagues.

– Ce qui nous perd ?...

Le psychiatre sait de quoi il parle et je sens une réplique à venir...

– ... C'est de ne pas s'y retrouver.

Il joue avec les mots comme avec le sort. Il a d'amples regards vers le large.

Tant d'inconnus, de rencontres de « hasards » ont éclairé son parcours.

– Nous avons des balises de repère en commun, de re-père et d'*ironies du sort*, n'est-ce pas ?

Se sentir rassurée, en fait, d'avoir pleuré ? Enfin faible, oui, sans m'en cacher ; le bon p'tit soldat rend les armes comme on renonce à la protection de ses propres prisons.

Waouh ! Le ciel semble s'ouvrir. J'ai envie de rire. Magie, oui, de l'aîné qui transforme le « *malheur* » en éclats de vie dans le regard de la plus petite.

Jour de soleil dans les pins. Les premières cigales s'essaient. Boris entend d'indistincts mercis, comprend mes mots qui voudraient bien mais n'osent pas.

Il sourit comme on encourage aux premiers pas.

Comment ai-je pu – moi, la phobique de l'obscurité – prendre le risque de m'endormir sans m'assurer, au moins, d'un point de clarté ?

– Ici ?

Silence bruissant, anesthésiant des cigales. Plan large.

– Oui, justement ! Ici. Seulement.

Même plus peur ?

Le vent berce les palmiers. Bruissements d'eucalyptus. Verts parfums de paradis. On ne craint plus jamais le noir quand on sait faire la lumière en soi.

Boris, l'éthologue qui parle aux mouettes sur les hauteurs sauvages du cap Sicié, a leur regard grand angle.

Lui et son épouse vigilante se tiennent, solides sentinelles à mes côtés, sous la tonnelle. La maison est sereine, la lumière perce entre les arbres, joue sur la façade.

C'est l'heure.

Des lueurs roses ouvrent l'horizon. Les sensibles pastels de Florence s'animent, tableaux vivants sous nos yeux.

Les lignes s'approfondissent. Les vagues respirent. Les cauchemars roulent sous les vagues narquoises. Des lueurs clignent, scintillent, complices. Le jour se lève. Au loin là-bas. Grand large.

Boris monte chaque jour dans son bureau en même temps que les premiers rayons sur la mer. Il rassemble ses fiches, ses notes, ses fragments de récits.

– La souffrance contraint à la créativité, c'est pas si mal…

À combien d'obscurs parcours, les livres, page à page, éclairent-ils nos pistes ?

Devant sa fenêtre, face aux pointus de la baie et aux lignes qui dansent aux pontons, lui, le pêcheur de mots, lève ses filets.

Son regard, déjà au large, s'éloigne.

J'emporte précieusement son dernier livre qu'il me dédicace comme une promesse ;

La nuit, j'écrirai des soleils.

6

Nous sommes plus grands que nous

> Avec « En danger de silence », la victoire change de camp, les non-dits, les secrets ne profitent plus aux agresseurs.
> Le silence n'est plus d'or. C'est la parole qui brille.
>
> *En danger de silence*, C. Enjolet.
> Préface de Boris Cyrulnik.

« J'ai lu votre interview dans la presse… »

Je parcours, en diagonale, un courrier qui m'est adressé à la suite d'un article sur les écrivains engagés.

Je retiens la première phrase.

« … vous portez le même nom que ma grand-mère Catherine… *Enjolet.*

… J'ai tout de suite acheté vos livres et est-ce que, par hasard ?… »

L'auteur de la lettre a joint sa carte ; « Fondateur France des *Villages d'Enfants Sos* ».

« … J'ai ainsi appris que vous avez créé le *Parrainage*

d'enfants, non pas *du bout du monde…* mais *du bout de la rue… "Pour que chacun compte pour quelqu'un"*. Ainsi, l'un et l'autre, nous… »

Est-ce par fragments, comme un jeu de puzzle, que la vie prend sens ?

Après les années explorations psy sur le divan, pas question, pourtant, d'enchaîner des enquêtes familiales ; je ne me connais aucun homonyme et je veux juste, désormais, avancer sans me retourner. Too much ! Ne plus rien savoir !

Pour un peu, je m'en prendrais à mes pages ; aux jeux de miroirs inexplicables à chaque publication, à ces éclairages qui surgissent comme des faisceaux et débusquent les ombres.

Je me sens prise sous des projecteurs venus d'ailleurs, des fragments kaléidoscopiques jusqu'au vertige.

L'homme qui se présente, Gilbert Cotteau, a reçu mon essai *En danger de silence* comme un face-à-face qu'il ne s'explique pas ; il n'en revient pas du tout pouvoir des rencontres auteur-lecteur. C'est à la suite d'une critique qu'il a lu mes pages, pour quelle phrase, quel mot ?… Pourquoi et comment un livre nous parle ?

– C'est fou, ce qu'un écrivain peut révéler chez son lecteur !

D'où vient ce professeur d'Histoire qui surgit comme d'une boîte à surprises ? Les farces et attrapes, non merci !

Au « *Pourquoi écrivez-vous ?* » je risquerais bien un « pour avancer » si mes pages ne me promenaient pas par le bout de la plume.

Pour quelle rencontre est-ce qu'on lit ? Est-ce qu'on écrit ?

Il avait surligné ma phrase, « *Écrire, c'est dire aux autres ce qu'on ne peut pas se dire à soi-même* ».

L'homme se dit passionné de généalogie. Ses recherches qu'il m'envoie, par la suite, remontent rapidement à l'origine des patronymes.

Au plus loin d'ailleurs, mon nom s'écrit avec un A.

– Ah ?…

Les registres manuscrits, peu lisibles, confirment le nom donné aux enfants trouvés… « confiés », comme tous les enfants abandonnés au XIXe siècle, sur les marches des chapelles ;

« *Angelet…* »… petit ange ? Ça me va.

Je dois tout raconter, dès notre première rencontre, à cet homme qui cite des bribes de phrases de mes livres. « *La vie tire à boulets rouges, ni drapeau blanc ni casque bleu* » silence… « *et même quand ça ne tire plus, je me terre.* » Pourquoi mon histoire le passionne-t-elle ?

Intrigué par nos engagements similaires, il découvre, incrédule, nos mêmes racines, nos mêmes origines ;

Il insiste ; quand on sait les lire… nos vies fascinent.

On se rencontre, on s'apprivoise. On se tutoie.

Combien de non-dits dans les arbres généalogiques ? De génération en génération.

– Tu vois ?… Les écrivains ne savent pas lire ce qu'ils écrivent.

– « Tu souris toujours », remarque-t-il.

S'il savait… s'il savait, oui, « *ce que j'ai bu de mes chagrins en solitaire* ».

Il pose les bribes de récits, assemble les extraits de mes romans autobiographiques. Il aligne les fragments par dates. Il tente d'ajuster les éléments, essaie de reconstituer, d'organiser par évènements. Il note les répétitions. Les enchaînements. Les synchronicités.

Les *synchrodestinées* ?

Il revient à sa grand-mère dont je porte le nom.

– « Morte ?… », celle qui nous réunit ?

Il est des morts très vivants.

Choisit-on d'être professeur d'*Histoire* pour en enseigner les pistes ?

Les pupilles de l'Assistance Publique ne pouvaient se marier qu'entre eux. Il a rapproché des vagues d'abandons d'enfants à une vague de cosaques au XIXe dans le nord de la France et ne tarde pas à affirmer que je témoigne, d'ailleurs, de cette ascendance slave, par ma rousseur et mes yeux clairs, mes pommettes hautes.

Il en viendra à me faire douter, plus tard, lors d'une mission à Moscou où l'on me parlera d'emblée en russe et qui m'inspirera *Nina* le roman de ma rencontre choc avec une petite fille disparue dans l'expropriation sauvage de son orphelinat.

– Ah oui, ton double, dont ton départ imposé de Moscou te sépare… un vrai roman de filiation émotionnelle !… Tu vois !

Tandis que l'homme aux yeux limpides de mon père, et que les recherches confirment comme mon « grand-cousin », tente de trouver une logique à nos retrouvailles, j'observe, distante, ces jeux de mystères à décrypter.

Si je laisse le prof « d'histoireS » s'en raconter, lui ne se prive pas d'inciter la prof de « l'Être », comme il me nomme, à chercher le sens, à noter les indices ; « ne pas vivre en aveugle ! ».

Quel joker improbable pour que se croisent nos itinéraires ? N'avait-il pas, pour seul indice, mon nom cité à la radio pour mon titre *En danger de silence* ?

Chaque livre lance-t-il une bouteille à la mer ? Espérais-je trouver ce que j'ignorais chercher ?

Il lui faudrait un ordre pour aller plus loin. Décoder un sens. La chronologie ?

Le temps n'existe pas.

– C'est bien au-delà.

Il tente d'évoquer les descendances, les parentés, les transmissions indicibles et dimensions quantiques, me met l'arbre sous les yeux, comme un plan. Un itinéraire. Une flagrante énigme à déchiffrer. Est-ce que

je mesure toute la portée de mon action ?... De mon concept que j'ai nommé... *Les Liens du Sens* ?
– Tu vois, ce besoin de donner ce qui nous manque ?

Nous sommes là... Regarde !

Des noms, des lieux, des dates. Je n'y vois qu'anecdotes d'un récit sans début ni fin.

– Regarde ! Oui, je vois des fragments d'existences comme des plans épars d'un film en attente de montage. Des jeux d'acteurs incarnant des rôles ; celui-ci le viveur, celle-ci la dévouée. Des jeux d'acteurs ou figuration ? Quelle place dans l'arbre ?

Mon père, inscrit « Dcd » sur mes fiches scolaires, a-t-il le rôle d'une étoile filante ? Quels personnages au générique... Quelle histoire ? Divine comédie ?

« Quel cinéma ! » Il découpe, inlassable, comme on monte, dans l'obscurité, les bribes de pellicules, consciencieusement par siècles, par épisodes : oui, série 1... 2, il s'en amuse ; « les accros aux séries télé devraient visionner celles, à énigmes garanties, de leur arbre généalogique ».

– Chapeau, l'invisible scénariste !

Les vies se répondent-elles en notes discordantes ou mélodieuses, en tableaux sombres ou lumineux ? Quelle couleur pour cette Catherine « Angelet », figure clé dans l'arbre puisque c'est bien son nom que je porte et qui le dirige vers moi ?

– Tu vois ?

Voir ? Plus il élucide et plus le mystère s'affirme.

– Moi, je transmets ce que j'ai reçu, toi, tu donnes ce que tu n'as pas eu.

Il trace des schémas, répétitions ou oppositions… surligne le déploiement des branches, des repousses. Il me regarde comme on cherche une logique ou une appartenance, comme, à la sève, on identifie un arbre.

Quand je dis « stop », il concède que l'on a tout le temps pour voir ce que tout cela donne désormais ; « j'enseigne l'Histoire, tu enseignes les Lettres… à nous deux… »

Il a le regard qui pétille.

Et si l'idée s'imposait d'élucider les rôles, d'orienter le « déterminisme » de nos fresques générationnelles ? Au « qu'est-ce qu'on vient faire dans cette galère ? », prendre, en réponse, la direction et la portée de nos existences ?

– C'est fou !

Ces filiations, ces descendances.

… Ceux que nous sommes !!!

– Et te voilà ! Angelet.

… « Petit ange » ?…

Ça me va.

7

La terreur de vivre

…« *C'est pas vrai…* »
Ma mère agite follement le papier bleu d'un télégramme en hurlant… *c'est pas vrai !*
Mon père est mort. Elle s'écroule sur une chaise. Je me glisse sur ses genoux. Je caresse ses cheveux. Ça la calme.

Rousse comme personne, C. Enjolet.

« Ne pas être fidèle… surtout pas à soi et à ses blessures » ! J'avais bien en tête la phrase de Paul Guimard.

Dépasser le passé !

C'est dans un bar de la rue Mouffetard que j'ai rendez-vous, après des années, avec l'homme qui a souhaité devenir mon parrain à la mort de mon père.

Ma mère l'avait appelé du café d'en bas, répété « décédé » avec des « c'est pas vrai… pas vrai… » que je répéterai à mon tour, impensablement plus tard. Écho fatal.

Un même jour cauchemar.

J'ai toujours gardé ses premiers mots de baptême comme un sésame ; « *J'aurais bien aimé une belle petite fille comme toi.* »

Retient-on les mots qui déterminent nos vies ?

Mon amie m'envie de discerner les moments Clés ; « On voudrait bien, tous aussi, savoir les repérer, en saisir leur portée. »

« *Belle petite fille ?* ». C'est moi qui avais l'air morte quand il m'avait récupérée, visage de cire, yeux fixes, bouche cousue qui ne dit pas *papa*.

L'homme, sans enfants, qui me parraine dès lors, pourrait-il savoir qu'il aura un jour, en sa mémoire, d'innombrables filleuls, par-delà même les frontières ?

Comment reconnaître l'instant qui trace nos existences ?

Désormais très affaibli, mon parrain a insisté pour me voir malgré sa maladie, « le temps qui passe ». J'entends ce qu'il ne dit pas ; « avant de mourir ».

Il n'a rien oublié ; j'ai cinq ans quand je quitte la Ddass pour l'enterrement de mon père et qu'il me voit pour la première fois.

Aujourd'hui, il est fier. Il a apporté mon premier roman pour que je le lui dédicace. L'homme qui m'avait ouvert ses bras répétait qu'il aurait bien aimé une « *belle* » petite fille comme moi.

Un mot peut tout changer.

Ma mère, en me récupérant des services sociaux, ne m'avait-elle pas arraché la peau du visage avec des cotons d'alcool comme pour retrouver intacte la « belle petite fille » qu'elle avait confiée ? Mon parrain confirme; ma mère ne décolérait pas. « Comment on me la rend ! ! ! »

Ça la vexait de récupérer une petite Cosette dont elle devait frotter la peau jusqu'à l'évanouissement pour arracher les traces de délaissement et que je lui revienne comme avant quand elle jouait, toute fière, à la maman.

C'est une poupée qu'elle voulait et je n'aurais jamais dû me mettre à parler, c'était pas du jeu ! Pouvait-elle, savoir, celle qui affirmait des prémonitions, des pressentiments, que je ne faisais que commencer ?

Mon parrain a apporté des papiers, des photos. Il a surligné la préface de mon livre; « *Portrait sobre et intense d'une mère solaire* ». Il en cite des extraits. « *...Une de ces héroïnes du quotidien d'un Paris populaire immortel dont l'auteur fait battre intensément le cœur...* » n'est-ce pas ? Il déplie fièrement, de son portefeuille, la critique d'un journal : « *Un écrivain véritable entre en littérature... par la grande porte.* »

Mon témoin d'enfance aligne ce qu'il garde précieusement de moi, classe des clichés en noir et blanc comme des repères sur ma route. « Là, tu vois... »

J'étais sûre que je n'avais, pour tout souvenir, qu'un seul portrait scolaire.

– Quand la Ddass t'a rendue à ta mère – à l'essai – c'est moi qui suis venu à Paris te récupérer pendant le deuil. Même si tu ne disais jamais rien, je savais que tu comprenais tout.

– Ta mère disait de toi que tu étais trop intelligente ! Trop raisonnable ! Que tu étais née vieille et…

Ça t'a permis d'étudier seule et de réussir tout – vite – en candidat libre… jusqu'à enseigner aux États-Unis ! (Il prononce comme un titre impressionnant :) « Teaching Assistant » !

Comment percevoir que l'on existe intensément, même à distance, pour quelqu'un ?

Il a situé, sur son petit carnet, l'État du Delaware, son climat, sa ville de Newark et son nombre d'habitants, et même trouvé le nom de mon Président d'Université prononcé avec le clin d'œil de celui à qui rien n'échappe… « *Joe… Biden…* c'est bien ça ? »

Oui… n'honorait-il pas personnellement les diplômés à la Soirée solennelle de l'Université ?

N'était-il pas, oui, le premier homme à m'avoir glissé la bague au doigt ?

Comment l'un et l'autre pourrions-nous savoir que plus tard ?…

Née vieille ?

La vie n'est pas linéaire, affirmait ma mère qui croyait en la réincarnation, aux astres, au karma, s'enorgueillissait de deviner les signes astrologiques de ses interlocuteurs, d'en décrire les caractéristiques, de déceler les personnalités sans erreur : la preuve : mon parrain, lui, était bien un « Lion » fort et courageux.

– Quand elle était jeune figurante, ta mère « se voyait déjà en haut de l'affiche » du Châtelet et revendiquait, comme toute femme après-guerre, de jouir de la vie.

D'ailleurs, s'était-il choqué, au cimetière, devant la tombe de mon père, de lui surprendre un quasi-fou rire, justifié comme une réaction nerveuse à sa voilette coincée dans son vêtement au moment des embrassades de condoléances ? Mort inconsolable et gaie.

Choqué ou… admiratif ?

Les photos de mon parrain me montrent à ses côtés dans une campagne de l'Est entre lui et sa femme, sœur aînée de ma mère, sans enfants, confinée contre le risque de vivre depuis sa déportation. Chaque cliché est commenté, au dos. De mes moments d'enfance à ses côtés, il a tout noté d'une écriture appliquée, tout annoté, le moindre petit sourire quand il me tient la main.

Ma mère ne lui avait-elle pas expliqué que je ne vivais pas sans elle ? Celle qui tirait sa force de ma faiblesse se disait d'ailleurs bien obligée de me reprendre aux services sociaux pour l'aider à la naissance d'un petit frère.

Ne me décrivait-elle pas un peu « bizarre », « à part » ? « Ma fille ?... à la croire née de la cuisse de Jupiter ! »

– Quand ta mère t'a confiée à moi à la mort de ton père, elle m'a prévenu de la p'tite « pas comme les autres »...

Du genre plutôt « petit doigt en l'air » de sa propre mère qui, même dans la misère, avait des airs imperturbables du grand monde. « Altières », l'une comme l'autre, avait affirmé, à ma naissance, ma mère, satisfaite, comme on confirme une commande.

– Certaines personnes naissent prédestinées.

L'homme qui m'emmène chaque jour dans sa voiture de représentant en horlogerie dans les bassins miniers de Lorraine peu à peu m'apprivoise.

– Regarde...

La vie tire toujours à boulets rouges, même quand je ne vois plus d'ennemis en face je les sens menaçants en moi ; ni drapeau rouge ni casque bleu et, du coup, même quand ça ne tire plus, je me terre.

« Regarde... ! » Les terrils de charbon noir passent pour des montagnes, « ... et là ?... on dirait... » il invente des couleurs, des paysages...

– Vois !...

Il voudrait la moindre lueur de ciel dans mes yeux.

Mon parrain croit même, parfois, me faire fredonner ses airs de radio à tue-tête devant les houillères.

– ... Allez !... *C'est magnifique*.

J'ai le cœur qui gonfle.
– Chante !… « … *C'est magnifique !!!* »

Filleule désormais, je suis reliée.

« Lavée de tout », a dit le curé. « Une belle petite fille ».

J'écris toujours, partout, de n'importe quel crayon ou du bout d'un bâton, il lui semble, à me voir faire, que je trace des jalons sur ma route. « Si tu ne parlais pas, en revanche tu écrivais, çà et là, sur la simple allée sableuse d'un square ou de la rivière en contrebas. »

Face même aux gargouillements d'un caniveau, comme face aux vagues de San Salvadour, ou au courant de la Seine, qu'importe oui, en miroir de l'eau, je suis chez moi, je rythme, plein ciel, la respiration de mes pages.

J'observe l'homme phare qui intervient même à distance dans ma vie.

Peut-il savoir que j'écrirai plus tard un « *Plaidoyer pour l'Adoption Affective* » ? « *Pour que tout enfant compte pour quelqu'un* ».

Peut-il savoir ce qu'il a semé ?

Que je n'aurai de cesse de transmettre ce que j'ai reçu ? De partager le sésame ; « *tu comptes pour moi* ».

Que des mots déterminent une vie ?

Il est mon témoin d'enfance, celui qui m'a suivie par-delà le temps, l'éloignement, et tient aujourd'hui fièrement mon dernier roman entre ses mains.

Mon re-père balise mon parcours et me raconte ce que je n'ai pas pu voir.

Mon père, qu'il me dépeint, n'était pas celui du regard de ma mère ; il était un très beau et tout jeune héros de la Résistance qui, à dix-sept ans, pour compter aux yeux de son propre père, avait survécu au maquis du Vercors et à la captivité en Allemagne.

Pour rien.

Celui qui n'existait dans aucun regard tombait, à son retour, bien bas.

– Ta mère, baptisée « la Chichinette » par le quartier, ne voulait que batifoler pour ne pas être comme sa mère éternellement endeuillée, elle ne pensait qu'à séduire après la Libération, et affirmait volontiers en chansons, des trémolos dans la voix : « Non, rien de rien »... Non, crâne, ta mère ne regrettait rien.

– Rien ?

Moi, en tout cas, j'aurais bien voulu un papa qui ne meure pas.

Chut !... Écoutez ! Ma mère ne mettait-elle pas plus fort la radio les soirs où elle annonçait « on danse devant le buffet »... Hourra ! ! ?

« Devant le buffet » voulait dire qu'« y 'a plus qu'à déchanter » devant les étagères vides. « Tout le monde au lit !... sans broncher. Qui dort dîne ! » Ma mère nous exigeait bien élevés, et ma grand-mère, dignes de la lignée des notables versaillais.

Ma mère, le regard vague, montait bientôt encore

plus fort le son ; « *Quand on n'a que l'amour…* » Elle aimait se voir chanter devant une glace, « *… à s'offrir en partage…* ».

Son regard peu à peu s'absentait, mirage sous son front. Murmures entre ses lèvres… Frissons. Il faut bien que le corps exulte. 2 mn 35… de bonheur, stop ! Ça y était !… Ma mère regardait autour d'elle, passait ses mains dans ses cheveux, se reprenait comme on revient de loin.

Voilà, c'était sûr, elle me gardait, tout près. Me serrait. Là ! En rempart. Elle avait besoin de moi.

« C'est les filles qui font grandir leur mère », les tiennent et les retiennent, règle de survie à notre « Cour des miracles ».

Et, si mon père, « du ciel, voyait tout » comme les voisines l'affirmaient, ma mère s'amusait de me surprendre, rougissante alors, me cacher pour toute intimité ou juste pour m'habiller ; « qu'est-ce qu'elle est pudique, elle, ma fille ! »

Est-ce parce que je touchais le ciel que les institutrices, qui avaient plus vite fait de compter mes présences que mes absences, me reprochaient d'être toujours dans les nuages ?

– « Dans les nuages » où ta grand-mère te désignait ton père ?

« Quand je pense… s'indigne-t-il encore, … que, sans les tests d'orientation qui te classaient surdouée, on t'inscrivait en classe d'adaptation.

À défaut de père, mon parrain tient, avant de mourir, à me donner des repères et étale des photos annotées et datées comme des balises sur ma route.

Lui me percevait toujours sur le « qui-vive », « oui, et… absente en même temps », mes doigts écartés devant les yeux comme pour filtrer la vie… « fillette qui règle sans cesse sa lorgnette ». Celui qui m'a fait baptiser a pris solidement, un jour, ma main.

Comment savoir qu'un geste décide d'une vie ?

De celle, plus tard, d'innombrables enfants en France, puis bien au-delà encore ? Sait-on ce que l'on sème ?

« *Les Liens du Sens* », mon Organisation Internationale de volontariats *Meaningful Links*, lui sera dédiée.

Mon hommage.

Est-ce que je me souviens du bistrot, le jour où je me trouve entre ma mère et lui ? De la salle arrière sous les éclairages comme une scène où tout se joue ?

– Je t'ai perdue, oui, en te ramenant à Paris.

Mon parrain en est sûr ; pas le choix !

Bruits métalliques de flipper et brouhaha de télé par-dessus les voix.

– Hé ho, alors, tu choisis ?

J'ai cinq ans. Je ne veux rien entendre. Ma mère me répète ses « hé ho !!! ». Je suis absente. Avec qui je veux être ? Le décor autour de moi se resserre. M'enserre. Je dois choisir !

Elle ou lui ?

Image fixe.

– Tu étais assise entre ta mère et moi, se souvient-il. Si frêle, si craintive.

Je devais bientôt entrer à l'école obligatoire. Enfin... se doute-t-il qu'il y aura surtout une autre raison, pour elle, à mon rappel à Paris ?

A-t-il remarqué son ventre rond ?

« Une p'tite mère parfaite », lui écrira-t-elle, sept mois plus tard, pour toutes nouvelles de moi. Des odeurs de cuisine, des bruits de comptoir, des voix parviennent de l'arrière-salle.

Ma mère s'impatiente.

– Alors, Paris avec moi, ou là-bas chez ton parrain ? Alors ?

Tu choisis... ? La salle chavire.

« Ma fille comprend tout », confirme, sûre d'elle, ma mère. Elle m'exige forte – pas trop... – s'agit pas que je la détrône !

Si elle me veut plutôt du genre « bon petit soldat », elle s'assure quand même que je n'existe pas sans elle et mesure sa force à ma faiblesse ; voilà, le même pacte qu'avec sa mère qu'elle ne quittera jamais, voilà !

Dépendance de mère en fille, en héritage.

– Alors !!!...

Je comprends, oui, qu'elle ne me donne que le choix de la choisir. Minutes qui se figent. Pétrifient.

– Ben quoi, respire !

Ça éclate soudain comme des orages sous mon crâne. Il pleut des larmes qui coulent en zigzag sur les vitres. Des lumières s'éteignent.

Mon parrain baisse la tête. Moi aussi.

Je la suis.

Début Partie 8 ?
(Ne pas lire p 97 → 100)

les inexplicables, qu'importe les « Va où tu veux, meurs où tu dois ». La vie est un songe.

Tentures, pampilles et velours rouges, tout semble décor. Les étapes de nos vies ne sont dans l'ordre que l'on croit.

– Tu as appris à rebattre les cartes, pour toi et les autres, à transformer les parcours en créant *Les Liens du Sens*.

On lève nos verres consentants à ce qui nous dépasse… peut-être le Conseiller d'État pense-t-il à la face malicieuse du destin de chacun.

L'impassible observateur laisse les silences en dire long.

Les mots ? L'auteur, de romans courts, en est toujours économe. Ne jamais les chercher, juste les accueillir, les laisser libres.

Les mots savent où ils vont… quand ils savent d'où ils viennent.

On s'observe, silencieux sous les fastes de la République. Perplexes.

– Aurais-je jamais pu imaginer ?…

J'entends dans son silence un « moi non plus ».

Son injonction « sois légère » ne correspond-elle pas au plus cher des privilèges ? Le présent n'est pas un temps simple.

Les vigiles sur les toits du faubourg Saint-Honoré

veillent tout autour et Paul, de retour d'une Délégation de visite officielle à l'Empereur du Japon, assure une permanence de garde pendant les déplacements du Président.

Dans les secrets appartements, son heureux éditeur, son épouse et moi bientôt autour d'une table, en pleine discussion amicale sur le pouvoir, grandeurs et comédies.

– Le pouvoir est dangereux…

Paul prend garde aux privilèges.

Échanges souriants et formules courtes.

– … mais on y prend vite goût…

Branle-bas de combat quand la ligne élyséenne sonne : ligne rouge ?

Paul s'isole. Tarde.

On a compris et reprenons discrètement nos vêtements. En ligne avec le ministre de l'Intérieur face à une situation d'urgence dans le Sud-Ouest, la décision d'un plan Orsec le mobilise en haut lieu.

Nous retrouvons les étages et couloirs jusqu'aux plantons vers la cour. Un signe m'a fait comprendre : « Tu connais le chemin… »

Hier et aujourd'hui en miroitements ironiques sous les lustres.

Tapis de Palais pour les dirigeants du monde ou pavés de ma Cour des Miracles pour ses « happy fous », tout se confond comme, autrefois, la majestueuse coupole Saint-Vincent-de-Paul moirait les murs mouvants du vaste dortoir de l'Orphelinat.

Les au revoir s'accélèrent et je démarre précautionneusement ma voiture, anxieuse de ne pas alerter tout le quartier comme à ma visite précédente où un défaut d'allumage de ma Coccinelle a fait trop longuement bloquer la rue Saint-Honoré et s'attrouper une foule avide de la personnalité à surprendre ; sortie en grande pompe de l'Élysée !

Certaines images ressemblent à des plans de film.

Paul semble diriger l'existence comme dans ses livres.

Pas de meilleur roman que celui de nos vies, a confirmé son éditeur.

La Garde alignée me rappelle la fierté d'enfance de ma grand-mère en manque de son père militaire à la Caserne Monge quand, me récupérant entre deux placements, elle me faisait courir aux claquements des chevaux sur les pavés, chaque fois que les cavaliers impassibles, aux casques rutilants, faisaient étinceler la rue en mirage sur leur passage.

Baroques jeux de miroirs.

Je m'évitais un « pourquoi revit-on certains instants ? ». Ce qui n'a pas été compris se répète.

Je contiens un étrange fou rire devant la haie des curieux amassés rue Saint-Honoré et leurs flashs photographiques à ma sortie.

– Tu connais… a plaisanté Paul, complice, … tu es comme chez toi, n'est-ce pas…

Nos vies ne sont pas linéaires. Des fragments se répondent.

Le maître de *L'Ironie du sort* peut-il déjà savoir que « l'habituée » y reviendra, encouragée par Simone Veil pour mon développement de l'*Adoption Affective* à international ? Garden-partys à l'invitation de différents présidents, avant la soirée privative, en l'honneur de celle qui me deviendra intime, star devenue réalisatrice engagée, bientôt exceptionnellement autorisée à un tout premier tournage sur mon orphelinat Saint-Vincent-de-Paul et, peut-il savoir… ?

– À plus tard…

Au-delà de l'ordre apparent du temps, comment recoller au montage les plans qui font sens ? Personnalités illustres ou illustres inconnus éclairent, çà et là, impensablement nos ombres. Chaque rencontre nous recompose.

Facéties des *Choses de la vie.*

9

À ceux et celles que l'on ignore chercher

> J'ai l'habitude de mourir, c'est la vie.
> Je garde toujours le sourire.
> L'existence m'a prévenue dès le début au plus loin que remonte ma mémoire.
> La première fois, pourtant, ça surprend.
>
> *Princesse d'ailleurs*, C. Enjolet.

Que cherche-t-on chez un écrivain ?...

L'auteure Benoîte Groult m'impressionnait déjà bien avant que je la rencontre avec Paul.

– ... On cherche ce que l'écrivain – ou l'écrivaine – transmet ; un échange, un écho ou bien plus ; une ouverture.

Lire l'autre pour se découvrir soi, n'est-ce pas ?

Benoîte en témoigne dans ses interviews ; les rencontres auteur-lecteurs apprivoisent les différences, élargissent des horizons. Les files interminables des Salons du livre ne démontraient rien d'autre.

La parole vive de l'écrivaine engagée provoquait de très médiatiques débats. Sa liberté me laissait sans voix.

À qui s'adressent nos pages ?

… « *Les mots qu'au vent noir, je sème qui sait si vous les entendez… ?* » cite Benoîte qui n'en revient pas d'avoir lu certains passages de *Princesse d'ailleurs* qu'elle a surlignés çà et là. Écrire, c'est se dire pour tous ceux qui ne peuvent pas.

– Quelle mise en quarantaine évoques-tu ? Je n'ai jamais connu d'isolement, comme toi, pour maladie infantile.

– La scarlatine, au contraire… quel beau moment de ma vie !

Je l'écoute sans comprendre.

Elle a un sourire à ce lointain souvenir.

J'aime désormais quand, avec elle dans la rue, on me prend pour sa fille.

L'auteure célèbre d'*Ainsi soit-elle*, qui pose un regard affranchi sur la vie, repousse les certitudes et limites, me tient la main quand elle parle comme si elle m'emmenait au large, m'incitait à plus loin.

Je me sens plus forte à ses côtés. Grandie.

Comment reconnaît-on l'autre qui nous fait devenir nous-mêmes ?

Elle ne tarde pas, d'ailleurs, à me présenter naturellement comme sa « fille de cœur » quand on se promène ensemble, et ne devient-elle pas, très vite, comme une évidence, Présidente d'Honneur de mon organisation d'*Adoption Affective* ?

Benoîte réfléchit ; toi alors, tu étais en quarantaine… à l'hôpital ?

Elle semble s'interroger ; pourtant, même « à mon époque », j'ai été soignée… chez moi ! Je n'ai, d'ailleurs, jamais été autant dorlotée.

On confronte nos parcours. On écarquille les yeux.

Affûter nos regards pour affûter nos plumes ?… Nos différences sont faites pour ça. Quelle est la plus étonnée des deux ?

L'écrivaine, qui évoque librement sa vie, fait cadeau d'authenticité à ses lectrices en confidence à chaque dédicace.

L'égalité, c'est le combat d'un siècle, des courriers s'empilent sur son bureau.

Que cherchent les femmes qui ne manquent pas ses interventions télévisées, qui l'attendent lors de ses signatures en librairies ou dans les fêtes du livre ?

– Lire pour ouvrir les yeux. Confronter les préjugés. Sortir de soi. Être libre… tu vois ?

Après tant d'autres figures historiques féministes sur lesquelles elle écrit, la libération de la femme s'affirme comme son engagement de vie et elle ne manque pas de mettre les générations en garde : « Attention les barreaux repoussent. »

– C'est un combat international !

Elle a un regard tendre vers moi.

– Et il me faudra vivre au moins… cent ans pour ça…

Je confirme son défi :

– Tu gagneras ton pari, Benoîte !

Je modulerai plus tard…

…Presque…

Confronter, Benoîte aime ça. Elle joue avec les croyances comme avec les mots.

Les idées « reçues » sont toujours… à rendre.

– Je ne m'attendais pas, tu sais, à revivre des moments d'enfance si différents en lisant *Sous silence* ; enfant, j'avais mon père et ma mère rien que pour moi car ma sœur n'avait pas le droit d'entrer dans ma chambre ; quarante jours, oui… à être choyée !

– Tu te rends compte ?

Je répète incrédule après elle comme on découvre une planète :

– Choyée ?!

Nos mondes se confrontent.

– Moi, une génération avant toi et dans un contexte de guerre pourtant, je…

Tandis qu'elle me parle, je découvre, autour d'elle, d'anciennes photos de famille ; femmes à l'aise sur les tout premiers skis, couple de femmes affranchies aux sourires émancipés de magazines que je croyais réservés aux productions américaines, elle suit mon regard, me présente ; là, c'est ma mère, oui… elle a un sourire de connivence… avec… ma marraine.

– Tu vois, des femmes assumées… libres !

J'ai découvert tard ses romans, ses essais, ses biographies. Toujours, malgré les années d'approche, d'apprivoisements réciproques, son acuité m'intimide. Je ne rate pas ses interventions télévisées, ses combats pour le droit universel des femmes, ses articles de presse. Sa parole libérée m'impressionne.

– Alors, tu sais… (elle fait des pauses comme pour choisir ses mots)… à propos de la diphtérie… l'hospitalisation n'était pas obligatoire.

Son regard m'observe. Elle prend du temps pour formuler sa pensée.

– Qui a pu te faire croire… ?

L'une regarde l'autre, médusée, comme deux planètes se découvrent.

Ça plaisait à Paul, la « rencontre des mondes ».

Comment faisait l'« aiguilleur de vie » pour diriger, de près ou de loin, les improbables sur ma route, d'abord flous puis, les uns ou les unes après les autres, prenant place vers un ordre… vers quoi ?

C'est à qui, de Benoîte et moi, ouvre, sur l'autre, des yeux ronds.

Quelles rencontres « loterie » pareilles à celles de son héros de *Rue du Havre* l'écrivain orchestrait-il ?

Ça le faisait sourire, complice de sa femme qui impose souvent pour sa tranchante repartie ou la fermeté de ses avis et qui se montre, avec moi, maternelle, si vite.

Ce sera d'ailleurs elle, plus tard, après Paul, parrain de mon fils à sa naissance, qui déclarera spontanément : « … j'en suis aussi la marraine, bien sûr. »

Benoîte revit ces moments si entourés de son enfance et confronte nos souvenirs. Tant d'interprétations pour une même partition !

– Visites interdites ?…

Elle laisse des silences.

– … Pendant si longtemps ? À l'âge tendre, si bien nommé, là où tout s'inscrit, indélébile, chez l'enfant…

Elle fait semblant de me scruter à la recherche de stigmates, « les marquages intérieurs ne se voient pas, en effet, pourtant ! »…

Souvent, on garde nos mains serrées quand se révèlent lentement nos univers.

Explorer ensemble nos mondes lointains nous rapprochent.

– Si certaines maladies sont des « mal à dire », comme dit ton copain Salomé, tu as été gâtée ! Combien de patients souffrent surtout de ça ?

Et combien d'enfants hospitalisés, de milieux défavorisés, sont isolés pour une « quarantaine » qui n'en finit jamais ?

– Moi, j'étais tellement gâtée par mes parents que ma sœur jalousait mes maladies infantiles qui me valaient toutes les attentions à la maison.

On laisse des silences amplifier les mots. L'une regarde l'autre, médusée.

Peut-être que je serre un peu plus fort sa main.

Comment puiser, de chaque rencontre, la force d'exister ?

Benoîte m'observe comme elle dissèque ses personnages, me questionne, ou provoque comme elle le fait, parfois, avec ses lecteurs : « Alors toi, tu ignorais donc qu'être mal avait du… bon ? »

– Ah oui, cette scarlatine… mon meilleur souvenir d'enfance !

J'aime son sourire…

– Qu'est-ce que ma sœur a pu en être jalouse !

J'ai la tête qui tourne à la suivre sur sa planète.

– Tu vois ? Il n'y a pas de réel. Seulement du vécu. Du « pas juste » ; privilège pour les uns, cauchemar pour les autres.

Je pense à Boris ; « Le vide autour d'un enfant induit le vide en lui… » j'avais surligné un de ses articles ; « … sujet aux réactions débordantes, gare à la réactivation de son désespoir pouvant mener au suicide ».

Benoîte s'attarde dans ses souvenirs. Elle savoure, semble-t-il… ah oui, la scarlatine !

– Mais toi, on t'a fait croire que… oui, tout est affaire de croyances. Rien n'est pire que l'abus de confiance.

Ses mots me chavirent.

Benoîte a un regard qui s'excuse ; être mère... ?

Il ne suffit pas de mettre au monde pour donner la vie !

On laisse nos pensées surgir, rebondir, qu'importe !

On pense à voix haute, en même temps, l'une et l'autre ! Nos différences nous rapprochent.

Les mots prennent corps quand on les partage.

« Faire prendre des vessies pour des lanternes », maugréait ma grand-mère quand ma mère chantait exprès à tue-tête, à la fontaine de la cour, à l'heure de la vaisselle au soleil quand sa chevelure de lumière la faisait rayonner comme la joie de vivre incarnée. « Il faut bien que le corps exulte... » narguait ma mère, affirmant les refrains de Brel sous les fenêtres.

Au risque d'y croire elle-même... jusqu'au coucher de soleil quand ses ombres s'imposaient. À l'implacable de ses larmes du soir.

Rideau noir qui tombait.

Benoîte et moi échangeons nos univers comme des mondes se rapprochent, se complètent. Attentive et maternelle à mes côtés, la Présidente d'Honneur de l'*Adoption Affective* tient bien son titre.

Nos horizons s'ouvrent de nos livres, de nos découvertes.

Quand les mots nous manquent, les vers de nos poètes nous viennent, en même temps, aux lèvres.

Ensemble, alors, on se prend à enchaîner des vers.

Les mots d'Aragon s'imposent comme on panse les plaies. L'une et l'autre, face à face.

En chœur, à deux voix. Comme on avive l'espoir.

Vous voudriez au ciel bleu croire ?...

10

Aux masques que l'on ne veut plus porter

> Jeudi sans école.
> Les éclats de lumière jouent,
> Dessinent des images sur les murs de la chambre. Une caresse, par surprise, sur ma peau.
> Le ciel, plus encore alors, s'éclaire.
> Je voudrais que la caresse jamais ne s'arrête
> je crois, ça y est, que j'ai un nouveau papa !
> Je n'ouvre pas les yeux, je retiens les étoiles.
> Les caresses montent, le long des jambes, plus haut : trop.
> Vertige. Tout soudain s'effondre.
> Je sens soudain que je tombe, que je tombe…
>
> *Mémoires d'enfance*, C. Enjolet.

– Cela s'appelle l'inceste.

La voix tombe métallique comme un couperet.

C'est la psy qui publie chez mon éditeur qui me reçoit. Je l'ai rencontrée dans les bureaux de notre maison d'édition. Lorsqu'elle m'a ouvert la porte de son cabinet, mon expression « quel hasard ! » l'a fait sourire.

Pourquoi faut-il qu'elle partage le cabinet médical avec sa consœur homéopathe qui a dit « stop ! » à ma dernière consultation. Elle a énuméré mes maux listés à chaque rendez-vous ; inflammations, enfièvrements morbides, étouffements…

Le corps parle. Hurle quand on se tait.

« Voilà », « la peur au ventre »… mais ce n'est pas le ventre qu'il faut soigner ! « La peur, c'est la porte à côté », m'a-t-elle fermement indiqué d'un air complice.

Si les silences, les secrets, les « motus » et « bouches cousues » font les écrivains, attention à ne pas « jouer » avec les mots !

Pourquoi faut-il que je me retrouve dans le cabinet de la psy, très médiatique, qui publie dans la même collection que moi ?

J'ai su qu'elle a lu mes livres.

D'emblée, en me recevant d'un ton neutre, elle m'a prévenue ; comme si elle m'attendait ; « le chemin sera long », ça l'intéresse.

– Vos « *maux…* », vous en ferez quelque chose.

– Ainsi, je suis toujours « souffrante » ?

Silence.

La professionnelle attend ; la prof de *l'Être*, souffle-t-elle, a besoin… d'*Exister*.

– Je ne sais pas… je n'habite pas mon corps. Mes mots résonnent, je m'entends.

– Trop squatté.

– Squatté ?

– Je n'y suis pas… comme virée de chez moi…

Elle laisse les silences jusqu'à ce qu'ils pèsent d'eux-mêmes et que je reprenne.

– … On se plaint autour de moi ; pas là ! Absente ! Ailleurs.

– « *Princesse… d'ailleurs* » ? Là où on ne vous atteint pas ?

Elle a des fiches, semble-t-il, mon médecin l'a informée.

– … Sous traitement anti-inflammatoire… Tiens, souvent bloquée ? Souvent « aphone », lit-elle. Quand on est « sans voix », bien sûr, ne reste qu'à écrire, n'est-ce pas ?

Dans les ateliers d'écriture que j'anime, combien d'hommes et de femmes « sous silence » confient fébrilement leurs pages ?

Écrire, c'est dire aux autres ce qu'on ne peut pas se dire à soi-même.

– Associez !

Si je ne peux rien dire, elle me tend, alors, un crayon.

– Vous ne savez pas dessiner ? Rien du tout ? Il vous est vraiment impossible de représenter… même ce qui est devant vous ? Ce qui crève les yeux ?

« Associez !

Je ne peux pas. Je crie « non » comme on se débat. Il fait noir tout à coup autour de moi. Je panique. Je bondis du divan.

– *« J'ai l'habitude de mourir, c'est la vie, je garde toujours le sourire… »* ? C'est bien de vous ?

Ça fait comme une trappe qui s'ouvre sous moi. La psy ne bouge pas.

À se protéger, on s'enferme, n'est-ce pas ?

– Vous écrivez depuis quand ?

J'ai les images lointaines d'une voisine de quartier surnommée « l'intello de bistrot » qui récite des vers au fond du café habituel de ma mère. J'ai treize ans. Je constitue son seul public. J'écoute ses poèmes que je répète et qu'importe si je suis titrée « celle qu'il ne faut pas être », si je suis montrée en contre-exemple aux petites classes, sur l'estrade du préau de l'école, comme à la foire ; « celle qu'il ne faut pas être ».

La psy répète ses « continuez ! »… d'un rythme haletant de coach, « … continuez ! ».

La « femme de comptoir », que j'écoute réciter des poèmes au zinc, affirme pourtant à la serveuse qui « essuie les verres au fond du café et qui a bien trop à faire pour pouvoir rêver » que je serai quelqu'un plus tard et qu'importe si ça ricane quand je reprends avec la poétesse « *un rêve modeste… et fou* ».

– Dans vos études libres, vous dépasserez pourtant toutes les attentes… Voyez… !

Elle répète souvent ses « voyez » comme pour m'ouvrir les yeux.

Des patientes et patients « comme moi », elle en voit... !

En dessous de tout, je me dois d'être au-dessus.

– Vous êtes forte pour vous occuper des autres... n'est-ce pas ? Pour écrire et dénoncer...

« ... Mais forte aussi pour taire ce que vous re-sentez !...

Silence.

Elle écoute, attentive à tout ce qui ne peut pas se dire. Elle répète seulement oui... oui... ponctue, encourage, oui... Rendre l'opprobre.

Combien sommes-nous à nous taire ?

Je retiens un sourire... et elle ?...

Combien de « bons petits soldats » se noient à se tenir en va, la tête hors de l'eau ? La voix, impassible, poursuit...

– « Je meurs chaque soir en m'endormant », n'est-ce pas la fin d'un de vos chapitres ?

La pièce tout autour se resserre.

– *En danger de silence*, n'est-ce pas un de vos derniers livres ?

« ... Ainsi, vous mourez sans rien dire ?

Elle m'a laissée me lever et quitter son cabinet comme une folle. Je fuis sans savoir où, il fait noir tout autour.

Elle a pris le risque d'une crise de panique. « Folle ? »

Effroi quand on affronte enfin ses monstres, n'est-ce pas ?

– Le fou est celui qui a tout perdu… sauf la raison.

Elle a gardé, derrière moi, sa porte ouverte.

Fuir l'agresseur à domicile comme autrefois j'accédais, par le vasistas de l'étage, sur les toits provoquant des « À l'aide ! » du voisinage. Combien d'ex-enfants avancent à jamais sur la corde raide ?

Sur le « qui-vive ».

Je suis revenue. Tétanisée. Pas le choix. En apnée.

Face à moi, la psy poursuit…

– Les aidants s'aident eux-mêmes, n'est-ce pas ? Sauver les autres pour se sauver soi ?

La définition de la souffrance ; « une relation erronée avec le monde ».

Elle m'a allongée depuis le début, en urgence puis doucement comme on prépare une mise au monde… « pour accoucher de soi, c'est plus pratique ».

On peut ressusciter du sacrifice, ne pas se laisser mourir.

Pourquoi est-ce que je parle de re-pères jalonnés, de remarques sur le symbole de ma naissance… « Née à Pâques… » ; de petites phrases de Paul pour me faire réagir ; « mais Jésus a quitté la mort, tu sais » ?

La jungienne encourage chacun de mes mots.

Elle cite une phrase de mon livre : « Je suis morte pour la vie. » Les silences résonnent dans son cabinet.

Les chaînes d'émissions grand public invitent souvent la praticienne, sollicitent ses analyses de cas, en direct sur les plateaux.

– Ne pas se laisser mourir, répète-t-elle, même quand on a été tué.

Quand je me lève soudainement du divan, sa voix reste neutre : calme !

Je n'ai plus à fuir l'agresseur. Si, enfant, je marchais sur les toits pour atteindre le ciel, était-ce pour approcher mon père, affirmer, comme mes copines, « j'vais le dire… » ?

Ne m'a-t-elle pas fait répéter plusieurs fois le nom de mon père ?

– *Re-né ?* Un prénom chargé, souvent donné à qui naît à la suite d'un décès, et si on ajoute le nom d'*Angelet*… ça fait lourd !

Mesure-t-on la portée des symboles dans nos vies ?

– … un sacré déterminisme quand on vous nomme comme ça ; du coup mourir à trente-trois ans, un vendredi 13 comme le Christ, ne lui paraît rien de moins que logique.

Le sacrifice en héritage ? Merci !

Silencieuse et invisible, la psy se tient en rempart à mes côtés. Elle me tient.

Pourquoi est-ce qu'une chanson de cabaret, écoutée

en boucle à mon adolescence, me revient toujours obsessionnellement en tête… « moi je suis de ce monde où l'on se fout à l'eau » ?

Mes « je ne sais pas », mes « je ne me souviens plus » ne la découragent pas. Elle m'a prévenue ; le corps, lui, n'oublie pas.

L'hypocondrie ?… sa voix se fait douce comme on ménage ; menace de mort retournée contre soi.

– Oui, l'épée de Damoclès, de mère en fille, de père en fils, de génération en génération.

Ses patients n'en ignorent rien.

– Vos lecteurs non plus.

Elle parle de « meurtrier à domicile » caché dans les familles, de complicité pour non-assistance…

Les non-dits suintent, les secrets ricochent et l'onde se propage.

Elle m'avait fait répéter les paroles de mon parrain : « j'aurais bien aimé une belle petite fille comme toi » ; mots d'une mise au monde « affective » quand la vie biologique ne suffit pas. La mémoire émotionnelle ne défaille jamais, peut-on mesurer ce qu'on en fait ?

Quelle consolation mon Organisation d'*Adoption Affective* ? *Pour que chacun compte pour quelqu'un, n'est-ce pas ?*

Ressusciter ?

Quand le gouffre menace, pas le choix ; écrire, se retenir au fil des lignes. Lire comme on boit aux fontaines, assoiffé des mots qui sauvent.

Je répète, par cœur, les mots de la poétesse de comptoir. « … et j'en dirai… et j'en dirai… ». Passé plus-que-présent. Comme on s'arrime, les mots tressés jettent l'encre.

Les mots ou la mort.

Arrêt sur image.

… Les mots qu'au vent noir je sème…

… qui sait si vous les entendez ?

CHAPITRE 2

« Il y a ceux que l'on croise, que l'on connaît à peine, [...] vous accordent une minute, [...] et changent le cours de votre vie. »

Victor Hugo

1

À la vie, à l'amour

> « Alors ? » avait dit ma mère en me remettant une convocation administrative, « elle t'attend, cette lettre, depuis trois mois ».
> ÉCOLE NORMALE. AVIS D'ADMISSION.
> J'avais lu le courrier entre mes mains tremblantes. « La rentrée de septembre est fixée... »
> Ah ! Dommage ! avait-elle soupiré, trop tard !
>
> *Temps d'amour*, C. Enjolet.

– C'est lui...

La secrétaire du département de Lettres de l'École normale désigne vaguement du doigt « mon responsable ».

– ... Pour vous.

Je reste immobile.

Comment reconnaît-on les moments où tout se joue ?

Le Directeur d'Études, un tout jeune blond aux cheveux courts, aux allures de pion, dirige un groupe vers une salle de cours.

La voix répète « …pour vous ».

La secrétaire maugrée… il est temps ! Elle ne sait pas ce qui la retient d'annuler mon admission ! Je retiens mon souffle.

Ma mère n'avait pas compris mon cri de joie et de rage, alors que je passais la voir, en apercevant par hasard mon « Avis d'Admission » ministériel à l'École normale. « … trop tard ? Ah… Ben quoi ?… »

Elle n'osait quand même pas trop chantonner ses « Qué sera… sera… », soupirer ses fatalités « … ce qui doit arriver… » ou enchaîner sur ses intuitions ou prémonitions du genre « c'est peut-être mieux comme ça… ». Elle marmonnait ses pressentiments, ma mère, ses « … qui sait ? ». Stop !

La secrétaire a fait un signe vers « mon Responsable » qui me tutoie d'emblée. Il m'intègre d'un geste au groupe à suivre.

– C'est toi ?

Il a un air entendu en signant mon intégration, un sourire satisfait de ce qui s'accomplit en notant la date, peut-être même l'heure.

– Et voilà, c'est parti.

Il fait claquer ses mains ; pourquoi ai-je l'impression d'un gong ? Pourquoi est-ce que je répète en écho.

– C'est parti ?

Le Directeur d'Études semble presque de l'âge de ses étudiants. Il l'affirme plus tard :

– Je t'ai vue tout de suite.

Il constatait :

– Tu t'es fait attendre.

« Je savais que c'était toi.

Le Responsable Pédagogique que les stagiaires nomment « le bel écrivain » depuis la publication remarquée, dès ses vingt ans, de son premier roman n'en finit pas, comme pour lui-même, avec des « et si… » et de possibles versions romanesques.

– Si tu n'avais pas lu la lettre…

– Ah, tu es prof, alors, maintenant ? avait juste dit ma mère tout en chantonnant des refrains de radio repris çà ou là au passage comme des indications météo matinales de ses états d'âme.

Voilà !… Je tiens, affirme-t-elle, de sa famille paternelle versaillaise dont j'ai bien les airs et qu'elle ne s'y était d'ailleurs pas trompée en me déclarant née de « la Cuisse de Jupiter » dès que j'avais commencé, toute petite, « à tenir mon petit doigt en l'air ». Elle, c'est la branche des grands-parents communards de la Mouffetard qui lui va, celle non pas des « petites » gens… mais des « vraies » gens du quartier qui, d'ailleurs, chantent souvent en même temps qu'elle, aux fenêtres, les refrains populaires de la radio à tue-tête.

« Mon responsable », qui s'est juste présenté par son prénom comme une simple évidence, ne cessera d'imaginer plus tard ce qu'il m'avait fallu de circonstances favorables pour mon admission ; chanceux tirage au sort à l'oral ? Directives d'accroissement d'effectifs ? Sourire… qu'importe, voilà !

Sur la liste des auteurs du programme à rattraper, « le responsable » a cité, pour lui-même, en contresignant ma feuille de présence :

– *Que cette heure arrêtée au cadran de la montre…*

J'ai identifié, à voix basse, le célèbre « *Que serais-je sans toi ?* ». Aragon au programme ?

– Quand même… a répété ma mère.

Elle a des points d'interrogation de style bande dessinée dans le regard comme une mère devant sa fille qui lui échappe. N'empêche !…

Chaque hasard est une bifurcation de vie possible.

Celle qui croit au Destin, au « tout est écrit », ferme les yeux, se concentre pour tenter de le lire. Lire ?… Ne m'avait-elle pas, trop souvent, surprise le nez dans le vieux dictionnaire puis accro aux cours municipaux ? « Les pages par cœur, une à une… même s'il en manque pas mal, ça instruit à force, mais… » N'étais-je pas toujours du genre rat de bibliothèque quand elle avait dû renoncer, elle, jeune figurante au Chalet, à devenir petit rat de… l'Opéra !…

Elle a des rires, qu'elle lance devant sa fenêtre ouverte, comme une connivence avec le ciel.

Ma mère prend l'air de suivre ce qui se passe tout de même, malgré, chantonne-t-elle, que, « *entre ménage et déjeuner, le monde peut battre de l'aile elle n'a pas le temps d'y penser* ». Pas même un instant pour écrire les vers qui lui viennent sur des petits papiers d'écolier.

Qu'importe. Elle fredonne Ferrat, met la radio plus fort.

« *Fait-elle envie ou bien pitié ?* » Elle n'a pas le cœur à le dire.

C'est toujours, oui, face à la fenêtre comme face au large qu'elle chante, offre à la cour ses rengaines. Ses yeux restent humides des chagrins qui narguent, laquent les choses de la vie autour d'elle, brouillent les éclats de lumière de fines larmes, pareilles à celles de sa mère et qui leur font comme un même vernis de pluie qui ne sèche jamais.

La chansonnette, c'est son Amérique à elle. Allez, plus fort encore !

... « *faut-il pleurer ?... faut-il en rire ?* » À qui parle-t-elle ?

Les mots la chavirent. L'étreignent et l'enivrent. Elle rembobinerait bien sa vie.

– Pas vous ?

Stop. Elle ravale ses « pourquoi ? ».

– Faut pas chercher ! Trop tard.

« Chercher... » ?

J'ai trouvé le livre de mon Responsable en librairie.

J'ai noté tout de suite en écriture automatique sur la page finale de son roman :

« C'est lui que je cherchais » : j'ai souligné le cœur battant comme on arrive, enfin. De loin. Ses pages, une à une, révèlent déjà demain.

Mon souffle s'accélère comme sur une ligne de temps à toute vitesse. Jusqu'où ? C'est lui. Comme une certitude, une réponse à ce que l'on ignore chercher.

Ma mère répète ses « qu'importe… », ses « à quoi bon… » ; nous sommes nos rencontres !

Lui… ?

Chaque mot, ligne à ligne, le fait apparaître lentement, comme sur l'écran noir des nuits blanches électorales quand se dévoile, trait par trait, le portrait, gros plan, de celui qui préside, dès lors, à notre avenir.

… Qui ?

« Trop tard » ! On le sait déjà. Trop vite. Trop fort.

Question de vie ou de mort…

2

Nous nous connaissions bien avant de nous rencontrer

> C'est lui ! Je l'ai vu ! Mes tempes éclatent. Mon cœur aussi. C'est sûr, je l'ai reconnu ! Sang dessus dessous, tout à coup. C'est lui.
>
> *Temps d'amour*, C. Enjolet.

… Les âmes s'attirent selon des lois inéluctables, seule l'ignorance parle de hasard. Qui, de lui ou moi, avait cité cette phrase ?

Désormais on ne se quitte pas, même quand on se sépare.

« Lui », en tout cas, est fébrile d'émotions pour me montrer une photo de son book.

– Là !… Regarde !

Mon « Directeur d'Études » a pris place, d'emblée comme une évidence, dans ma vie.

Le « *C'est Lui pour Vous* » semble dépassé. Mon « Responsable » lui-même n'en revient pas de ce qui s'emballe.

J'ai le regard qui se trouble en découvrant la photo qu'il me tend. Noir et blanc. Le cliché est clair. Net. Il souligne du doigt le cadre :

La porte d'entrée du nouvel immeuble de la rue Mouffetard où je viens, justement, d'emménager !

– Par choix ?

Il n'y a pas de hasard, il n'y a que des rendez-vous ?… ; mon amie n'en revient pas :

– C'est la photo de ton adresse ?… prise avant de te connaître ! Un peu too much, non ?

Ça lui plairait bien, pourtant, de repérer des « inexplicables » dans sa propre histoire… s'entraîner à repérer les hasards, … « en fait, peut-être que… ».

– Rien que d'y penser, d'ailleurs, c'est vrai… les évènements, les coïncidences, si on regarde de plus près… ? Si… ?

Quand a-t-il photographié l'affiche du film *1900* de Bertolucci qui recouvrait la palissade d'un immeuble ?

– Tu te rends compte ; je photographie, avant de te connaître, la photo de l'immeuble dans lequel… à ne pas y croire… tu vas t'installer.

– *1900*… pourquoi ?

Il ne doute pas de trouver le sens. L'écrivain n'écrit que pour ça.

N'avait-il pas commenté le secteur « Paris Centre » sur ma fiche d'intégration en s'en amusant le premier jour ? « Ah oui, tiens, tu es de mon quartier justement… ! »

Sa photo d'une expo à la Galerie Montparnasse

avait reçu le Prix de L'Œil du Diaph. Bien avant de me connaître !

Le Professeur de Lettres, spécialiste du surréalisme, se délecte de ma question.

– … quel œil ?

– Non pas… du diable, rassure-toi… du « diaph… » ; le diaphragme qui règle la profondeur de champ et l'image capturée…

– Capturée ? !

Mes « comment… pourquoi ? » n'en finissent pas.

Il souligne les enchaînements comme à une étudiante à laquelle l'art visionnaire se révèle.

On se regarde, éberlués.

Par quoi sommes-nous liés ?

Il a gardé pour lui ma *Lettre d'Admission* comme « la première page d'un roman ».

N'est-ce pas en découvrant qu'il écrit que je l'ai regardé vraiment ?

N'ai-je pas inscrit, à la page finale de son livre, lu d'un trait : « C'est lui que je cherchais » ?

Il a les yeux marine de mon père, des yeux d'azur qui entraînent au large. Le regard mirage. Avec lui, c'est hors le temps, hors l'espace.

Danger de noyade entre ciel et père.

Je me fixe une mission : lui, je ne le laisserai pas disparaître.

N'avait-il pas saisi la photo d'affiche du film pour la silhouette d'une vieille femme, juste devant le titre *1900* ?

La rue Mouffetard, le vieux Paris désormais touristique, ne raconte-t-il pas le temps ?

– D'ailleurs, on ne compte pas les plaques d'écrivains dans la rue, « ceux de ton panthéon, n'est-ce pas ? ».

Oui, Zola, du côté de la montagne Sainte-Geneviève dont le regard porté accompagne chaque jour mes parcours, Simenon, dont je découvrirai le roman essentiel, *Le Petit Saint*, situé dans le pâté de maisons où j'emménage et dont les personnages semblent, trait pour trait sous sa plume, ceux de ma famille.

Si le romanesque étaie chaque mur du Quartier latin, ne me reste encore, grâce à mon bouquiniste d'en face, que Jacques Yonnet à découvrir ; l'historiographe de *La Rue des Maléfices* qui décrit les sortilèges attestés de la « Mouff' » et les ensorcellements de la Bièvre, sa rivière souterraine, en dépit d'une interdiction du XVIe siècle, « de faire miracles en ces lieux », que rappelle une plaque de l'église Saint-Médard.

Rien que de bien normal pour « mon prof » toujours prêt, appareil au cou, à capter l'insaisissable ; sortilèges et… miracles aussi, pourquoi pas ?

Doute-t-il de saisir l'invisible, lui qui se sent dans ma rue comme à une adresse symbolique ? Le spécialiste du surréalisme peut-il savoir qu'un cousin – inconnu – a justement retrouvé des traces ignorées de ma famille… à cette même adresse ? Comment expliquerais-je ?

Il reprend ; « l'adresse qui *nous* attend »… Sans imaginer jusqu'où…

– Quand on commence à regarder de près son histoire, ce qu'il faut de hasards, c'est vrai, pour que…

En bon voisin de quartier comme il l'avait surligné d'emblée, il n'a pas tardé à remercier ma mère qu'il s'est arrangé pour croiser avec moi ; « Merci d'avoir remis la Lettre d'Admission ».

– Tu te rends compte, si elle l'avait perdue ?

Le surréel n'est-il pas le sujet de sa thèse ? « *La folie chez Maupassant* », n'est-ce pas quand le réel se révèle ?

N'est pas fou qui veut.

L'invisible ?… Tout ce que ses propres photos et ses livres recherchent ?

Il aime tirer ses clichés lui-même dans sa chambre noire, plonger les négatifs dans le révélateur.

– … si ta mère avait perdu ta lettre…

À quoi tiennent nos vies ?

Elle n'aime pas, elle, ma mère, qu'on la dérange, même pour la remercier, quand elle tente sa chance au PMU avec les parieurs du… vendredi 13. Vendredi 13… date de mort de mon père ? Elle se félicite, oui, de savoir retourner la vie de son bon côté.

– … l'avoir gardée un trimestre !

Ça l'épate, mon prof, quand même.

– À un fil notre rencontre !

Ma mère et lui se sentent de plain-pied ; la femme de ménage du fond de la Cour des Miracles et Directeur de Lettres de famille notable se reconnaissent, l'un et l'autre, au premier regard. Se savent-ils, déjà, une même emprise sur moi ? Du « je ne vis pas sans elle », au « je ne vis pas sans lui », est-ce que j'assiste à une passation de pouvoir, sans mot dire ?

Ma psy ne manquerait pas ses mises en garde contre « l'a-mor » ? D'ailleurs, « lui », n'écrit-il pas justement sur *la passion* ?

L'écrivain-photographe observe longuement le cliché comme s'il nous y cherchait, lui et moi, telles des ombres, conduits par un ordre invisible.

Marché Mouffetard 1900 ?

Oui, ma grand-mère y est sans doute quelque part parmi la foule habituelle des silhouettes, le flot noir des anonymes. « Pas folle la guêpe » ; pas du genre à prendre le risque du bonheur, ironisait ma mère ; plutôt se rassurer en installant le malheur, « le rien à perdre ».

Celle surnommée la Reine mère par « Chichinette », qui a gardé, malgré son enfance d'orpheline de mère, des réflexes de son père, Garde Républicain interdit de mésalliance, et de son époux de souche « aristos guillotinés », m'a transmis, toute petite, semble-t-il, ses manières de « Cuisse de Jupiter », petit doigt en l'air, qui laissaient ma mère incrédule... comment qu'çà s'fait ?...

Le romancier veut tout savoir comme si nous étions la somme d'une logique, il me « calcule ».

« Oui, ça peut être utile... », observe encore mon

amie qui ne se lasse pas de suivre le déroulé de mes « chapitres », de s'interroger au fil des lignes ; « oui, la somme de quoi, ou de qui, sommes-nous ?… Faut dire, qu'avec le temps… »

– … À te suivre, j'apprends à lire la vie.

Lui, cependant, répète que j'arrive tard, que j'ai tardé oui, que… Qu'importe pour le romancier qui gère les destins.

Il insiste ; pas le choix !

Il me reste le mien.

L'écrivain prometteur de sa maison d'édition à qui tout réussit, déjà très jeune père marié, n'a pas de mots pour notre histoire.

« Trop tardé » ?

Éblouissements ou sueurs froides… à ne plus savoir. Où tout cela nous mène ?…

Je fuis.

Je signe aveuglément pour un poste d'assistante, providentiellement vacant, le plus loin possible… aux États-Unis.

Il répète ses « … à quoi bon ?! ».

Sa voix au loin, déjà, me poursuit.

3

Sous silence

> « Une jeune femme porte en elle sa mère, morte dans ses bras.
> Elle va la remettre au monde en racontant sa vie. Il faut bien accepter la mort, mais la séparation définitive n'est pas une fatalité. Chaque ligne tracée est un lien qui la relie. »
>
> « Avec ce premier roman,
> Catherine Enjolet entre en littérature
> par la grande porte », P. Guimard.

J'ai rendez-vous avec mon re-père à l'heure où ma mère meurt. Paul se souvient m'avoir attendue, seul à table, longtemps.

Silence.

Le restaurateur l'a enfin prévenu, gêné d'une pénible nouvelle : « Votre invitée ne pourra pas venir… »

Jamais un mot de trop, il a compris.

Quel recul pour déchiffrer le sens des évènements ?

Sur la voie d'urgence d'autoroute, je roule à toute

allure. Le préfacier du roman sur ma mère, oui, a déjà compris.

Dans la chambre d'hôpital, je ne vois rien ni personne, j'ai juste pu retirer un bristol de ma poche pour le faire prévenir.

Est-ce que l'on reconnaît les personnes « remparts », celles qui, à distance même, vous tiennent ?

J'ai supplié l'aide des blouses blanches pour une mort douce, des « s'il vous plaît » honteux de chagrins qui dérangent, imploré le droit à la *Touche étoile.*

J'ai quitté la chambre. L'hôpital. Le vide qui nargue entre les murs blafards. La mort. L'absence.

Celle qui nous hante.

Certains défunts ne reposent pas.

Ma mère n'avait-elle pas dit, de sa mère à elle, devant son cercueil : « Ce n'est pas la mère que j'ai eue que je pleure, mais celle que j'aurais aimé avoir. »

Et elle, ne m'avait-elle pas mise au monde sans me donner la vie ? Sur qui on pleure ?

Paul capte vite ce que masquent mes sourires quand je le rejoins, bien plus tard.

À ses côtés, la vie ordonne ses *concours de circonstances* comme dans ses romans. Je reprends souffle.

À voir mon chagrin peser, il répète doucement ses « sois légère » ! Comment quelqu'un se retrouve-t-il, çà et là, sur nos routes ?

Il parle bas. Calme.

Comment fait-il... ? Tranquille, il semble observer le sort, ses jeux narquois. Il se tient droit, solide. Il occulte tout autour, fait écran.

Légère, moi ?

– À l'homme trop petit pour l'infiniment grand, ne reste qu'à se jouer des fatalités, n'est-ce pas ? Voilà.

Le grand navigateur a sa boussole, le bourlingueur connaît les mers, on le dirait, à son bureau, comme à la barre. L'écrivain largue les amarres quand il écrit. Pas là. Silhouette penchée sur ses pages, celui qui semble naviguer à vue a quelques tours du monde d'avance. Sa plume surfe sur les lignes, navigue en automatisme ou affronte *le mauvais temps*.

Chut... Ne pas déranger.

Et à qui l'accuserait de paresse pour son « Art de la sieste », la réponse à l'ignorant claquerait : « Je travaille ! »

L'écriture a ses règles que j'apprends.

Ne faut-il pas que les yeux se ferment pour que les mots osent ? Ne faut-il pas feindre l'air de rien pour qu'ils approchent, viennent, apprivoisés, s'alignent ?

À son réveil, il n'a plus qu'à écrire. Pas une virgule à corriger.

« Sous quelle dictée ? »

– Pourquoi prendre la plume ?

L'auteur doit savoir attendre... c'est la plume qui le prend.

– Sois légère

« Légère » ? Revendication d'écrivain qui pratique l'inertie ! ironise Benoîte qui bouge pour deux.

Larguer les amarres du passé. Voguer.

La gravité ? S'en prémunir à tout prix. Ne pas la laisser vous approcher. Vous pétrifier… Il sait de quoi il parle.

– … Vous statufier ?

– Il faudrait parvenir à cette sagesse élémentaire, n'est-ce pas, de considérer les ténèbres où nous allons, sans plus d'angoisse que les ténèbres d'où nous venons.

– Tu vois ?

Ainsi la vie prend son vrai sens : un moment de lumière.

Silence. On écoute ensemble ce qui ne se dit pas. Les phrases s'épuisent. L'encre se tarit.

Se prémunir contre l'angoisse des demains ? Je comprendrai plus tard…

Face au large, l'écrivain lance les mots s.o.s. en pierres d'étoiles pour tout rempart.

C'est pour un projet Guimardien que je prépare les recherches universitaires de son nouveau livre, *Giraudoux ? Tiens !…* ; une approche « légère » pour un titre classé parmi les ouvrages érudits. C'est moi qui compulse, établis les fiches. « Bon choix ! », s'en amuse

Benoîte ; une lumineuse jeune femme « à la chevelure de feu de bois » qui écrit et… parle peu.

Il m'a dédicacé *L'ombre portée d'une jeune fille morte* où, au dernier souffle, se révèle l'imbrication facétieuse de nos vies.

– Tiens, regarde !

Avancer libre et attentive, déceler ce qui se donne à voir ? On dirait que l'auteur m'entraîne. Pressentir, ressentir ; je m'y exerce avec lui.

– Regarde !

Pourquoi m'incite-t-il à saluer, moi aussi, comme un exercice, l'inconnu distingué qui passe devant notre table de la cantine germanopratine du monde de l'édition ? Saisir *Les Choses de la vie* ? Au-delà de voir, mieux encore… percevoir ?

– Vas-y, devine !

En tout cas, je gagne quand il me présente son ami au regard qui me donne à lire comme dans un livre ouvert ; « un grand avocat, associé de Badinter ».

Je devine, oui, c'est un écrivain que je salue, silencieuse et sûre de ce qui se confirme à la première librairie d'en face.

En bonne place, le roman de Maître Jean-Denis Bredin, *Un enfant sage*.

Qu'est-ce que le mentor a saisi ? Que perçoit-il ? Teste-t-il l'aristo et la prolo au défi des appartenances ?

La composition des plus intimes portraits ne lui échappe pas.

Face-à-face entre *Un enfant sage* et la *Princesse d'ailleurs* et il parlera plus tard d'un langage de non-dits, de vibrations émotionnelles, d'empreintes dans le regard.

L'écrivain identifie les corollaires, démasque les apparences et appartenances comme son héros de *Rue du Havre* qui perçoit autour de lui, parmi la foule des gares, les croisements improbables de ceux et celles qui se manquent, sans savoir.

– Rencontre, oui, de silences entre l'académicien et « la lie de la société », comme te titrait, ignorante, ton institutrice.

– Tu aurais dû lui dire : *Plus la terre est pauvre, plus le vin est riche.*

Il puise… profond.

« Mon conseiller » a le regard soudain impénétrable qu'il pose sur la mer. Économe de son temps. De ses mots.

L'air lointain de celui qui décélère, ralentit la vie, « la fin prévisible du film »… Face aux tempétueuses traversées, l'écrivain cherche les accalmies.

« Les hommes veulent aller vite, ils ne savent pas où ils vont. »

4

Flash-back

> Warrum
> Militaire A. Anjolet.
> « Recherches Paris 27 Rue Mouffetard.
> Dank schun »
>
> *Face aux ombres*, C. Enjolet.

– Ça me dépasse !

Le Fondateur des Villages d'Enfants SOS que je me plais désormais à appeler « mon grand cousin », et qui porte, toujours impeccable, l'insigne de la Légion d'honneur, relit, professoral, le nom d'un soldat porté au dos d'une ancienne photo.

– *André Enjolet* ! Ton nom et... l'adresse exacte où tu t'installes ?

Pourquoi n'ai-je pas prêté plus d'attention au couple de jeunes Allemands venus récemment frapper à ma porte ? Il semble chercher, faire face à une énigme, parle pour lui-même et s'encourage.

– Rien n'est pourtant aussi fiable que le hasard.

L'enseignant d'Histoire, récemment débarqué dans ma vie, s'amuse en s'asseyant dans mon salon à peine aménagé de la rue Mouffetard.

Le couple de jeunes gens, hésitants à ma porte d'entrée, m'a tendu ce portrait noir et blanc d'un jeune militaire de la dernière guerre que j'ai regardé poliment sans comprendre.

– Danke schon.

Je ne parle pas l'allemand, ils ne parlent pas le français, mais le cliché est tenu avec insistance sous mes yeux. J'ai beau exprimer mon étonnement…

– André ? Nein ! Non, je ne connais pas. Je ne sais rien… désolée.

On ne sait rien… ou l'on ne veut pas savoir ?

Oui, ils sont bien au numéro de la rue Mouffetard indiqué au dos, oui, ma boîte aux lettres confirmait bien le nom de famille de la photo, oui mais…

Sorry ! Non…

Dans combien d'histoires ignore-t-on jouer un rôle ?

Je dois avoir l'air de tomber des nues tandis que ce cousin historien, toujours prêt aux enquêtes d'origines, se frotte les mains en récapitulant ; « alors, tu viens de t'installer dans ce petit immeuble à peine terminé… ». Il relie des points repères comme pour faire apparaître une figure ; « maintenant, après le mystère de l'affiche *1900* sur la façade, tu apprends, en plus, qu'un soldat portant ton nom a vécu à cette même adresse. »

Perplexe, le prof d'*histoireS* cherche un ordre aux coïncidences, s'en frotte les mains :

– Notre vie est tellement plus vaste que ce que l'on perçoit !

Il note mon nom toujours avec le A d'origine, ce romanesque *Angelet* « petit ange » donné aux enfants trouvés.

Les jeunes Allemands incrédules sont repartis à contrecœur.

– Ces signes qui surgissent dans nos vies, ces hasards comme des « infos route » qui balisent nos parcours… pourquoi ?…

Il se parle à haute voix.

Rien n'arrive pour rien.

Que l'on comprenne ou pas, c'est un fait.

– Ce qu'on ne perçoit pas se répète. Chacun peut le vérifier dans son histoire.

– Comment cet immeuble flambant neuf dans lequel tu t'installes pourrait-il être l'adresse d'un soldat de la dernière guerre ?

Le prof note et récapitule les étapes ; tout s'enchaîne.

– Tu emménages, par hasard, dans cet immeuble tout juste « réhabilité » . Bien sûr, tu n'y connais personne, pourtant… nos parcours se lisent comme des jeux de piste.

Où cela nous mène ?

On hérite des histoires plus que des gènes.

Ainsi, oui, après l'École normale et mon année de fuite « inutile » aux States, je me suis installée, dans cet appartement, avec celui qu'il se plaît à appeler encore mon « prof » ; tout se déroule, plus tard, comme les images d'un film qu'il fait défiler en accéléré, il a noté les dates, les étapes ; sa nouvelle vie avec moi depuis mon retour et...

– Vous avez bientôt un fils qui naît ici...

On dirait qu'il tient des fiches...

Si les jeunes Allemands se sont présentés avec une photo comme un fragment de casse-tête, lui a recherché les pièces d'état civil.

Est-ce que j'ai fait attention à l'adresse de mon arrière-grand-mère ?

– Juste à l'angle, ici, de la rue Mouffetard. J'ai seulement entendu dire qu'elle y était « morte en couches ». À... vingt-cinq ans.

– À l'âge même où tu as donné vie à ton fils ?

Sous anesthésie ! « Vous nous avez fait peur », avait témoigné la sage-femme.... In extremis !

Le jeu de piste enfièvre ce prof d'*Histoires* qui débarque parmi ces « impensables » et enchaîne les éléments d'enquête : une grand-mère morte en couches à cette adresse en 1900... maintenant un oncle soldat recherché – à cette même adresse – par une famille allemande !

Je prends un air détaché de celle qui s'attend à une explication rationnelle.

Pas question, en plus, de lui rappeler la photo « prémonitoire » de l'« affiche *1900* » en pleine façade.

Too much !

Parlerait-il de puissance vibratoire, de géomagnétisme, de… ?

– Apprendre à lire sa vie… (il a un regard qui défie)… ça te dit ? Un programme plutôt salutaire pour un prof de l'*Être*, non ?

Les heures aux Archives Nationales ne se comptent plus. Les découvertes m'enfièvrent. On peine à suivre un romanesque qui nous égare.

La vie ne manque pas d'imagination.

L'adresse grand-maternelle de la rue Mouffetard révèle bien une double entrée !

Pour peu que l'on regarde, nos vies sont des pièces de théâtre de boulevard.

– Voilà pourquoi ton appartement est exposé des deux côtés.

– Ainsi, chez toi, vivrait…

Silence.

– … la branche maternelle d'un côté… paternelle de l'autre…

Il ouvre des yeux ronds.

Je répète mes « quoi ?… comment ?! »… Ça l'amuse « … c'est quoi cette histoire-là ? ».

Ce qu'il faut de hasards…

L'irrationnel nous dimensionne. Nous vivons chez nos fantômes.

Ce grand enquêteur semble surgir dans ma vie pour corroborer les sortilèges de l'historiographe de *La Rue des Maléfices*. Ce cousin aux yeux clairs des gars du Nord, ce « tombé du ciel », s'enfièvre ; il a lu une critique pleine page de *Princesse d'ailleurs* par l'académicien Jean-Denis Bredin dans *Le Figaro*... « c'est grâce à lui que je t'ai retrouvée ».

Il place les fiches d'état civil, les aligne comme les bribes d'un récit. On dirait qu'il cherche, écoute, reconstitue « les voix chères qui se sont tues ».

Notre présent est du passé antérieur, il en est sûr.

Comment ça se conjugue ?...

Le réel dépasse l'imaginaire quand on récapitule ; d'abord, la photo de l'affiche *1900* sur l'immeuble dans lequel vous allez, plus tard par hasard, vous installer, ensuite... découvrir que ton arrière grand-mère – dont tu ne sais rien – y est morte en couches cette année-là et maintenant... de jeunes Allemands y recherchent un soldat qui s'avère être... ton oncle paternel ! Stop ! Too much de romanesque !

Le prof d'*histoires* s'en frotterait plutôt les mains, « pour peu que l'on regarde »...

Nos vies sont faites d'invraisemblables.

– Allez !

Désormais déterminé, mon cousin a tout organisé.

Il m'entraîne, avec lui, vers ses terres d'origine, découvrir ses régions de solidarité dont il descend, tout comme, au vu des patronymes, ma famille paternelle.

Comment savoir où l'on va sans savoir d'où l'on vient ?

C'est plutôt à reculons que je le suis vers ses tombes familiales que cette grand-mère, *Catherine Anjolet* dont je porte le nom, l'emmenait fleurir.

Plus je récapitule, plus je m'embrouille ; j'habite un immeuble... « réhabilité » ? Réhabiliter quoi ? Qui ?

– Oui, tes deux branches, là où tu t'installes pour écrire.

Les lignes tissent leurs ramifications surréalistes.

– Retourne le fil à fil du canevas et vois... Nos arbres ne fleurissent que de hasards.

Nous cherchons ensemble à haute voix le nom d'*Angelet*, de croix en croix, par un jour froid qui bouche l'horizon d'un épais brouillard.

L'infatigable cousin déchiffre les inscriptions sans douter d'avancer. Vers où, vers quoi ? Je suis lasse.

Décoder nos vies, révéler nos choix ?

– Pas d'André Angelet ou Enjolet. Je ne trouve pas !...

Mes mots résonnent dans le cimetière gelé qui fait miroiter le sol et chavirer, sens dessus dessous, ciel et terre. Je piétine. Marche avant arrière. Le brouillard bientôt étouffe nos voix. Les heures battent et ponctuent l'horloge des pas.

Un clocher sonne quelque part. Temps narquois.

Une voix surgit derrière une haie.

Un vieux paysan, ployé pour ramasser des herbes, soudain se dresse.

– Ah ? André… *Enjolet* ?

En silence, il se signe et j'en tremble. Il enlève son béret.

– … Le pendu…

5

Aider la vie

> Toujours dans l'ombre, dans le fond. Lui est le plus grand de la classe. Redoublant. Il y en a qui disent qu'il n'a même pas de parents. Le matin, un éducateur l'accompagne en classe. De sa table, le gaillard regarde au loin ailleurs. Tout seul.
>
> *En danger de silence*, C. Enjolet.

Pourquoi on vit ?...

– Je vous ai entendue à la radio...

La voix, au téléphone, se présente, répète son nom face à mon silence interloqué.

– Robert Laffont

Le célèbre éditeur, qui se consacre à sa collection personnelle « Aider la vie », a écouté l'émission sur mon dernier livre et l'interview autour du développement de mon organisation *Les Liens du Sens*.

– Le « pourquoi on vit ? » de l'élève que vous évoquez m'a intimement touché et…

À notre première rencontre, l'éditeur veut tout savoir de cet adolescent placé par son éducateur dans une de mes classes, à mes débuts d'enseignante.

Il a retenu les moqueries des écoliers qui ne l'atteignent pas, son regard absent face à « la concordance des temps » au programme du tableau noir.

L'adolescent conjugue à l'intemporel, sans temps, ni repères.

– Oui, c'était ma première nomination à Paris.

N'ai-je pas repris, tout de suite, moi-même, face à la classe le « pourquoi on vit ? » pour faire taire les rires ?

Tous les « pourquoi ? » en une seule question.

Cette fois, l'adolescent, aux allures d'un Grand Meaulnes, avait lâché son regard arrimé au large.

Je m'étais levée vers lui, « … oui, oui… ». Ma voix avait fait écho à la sienne.

« Pourquoi on vit » ?

Battements de silence. Le même « pourquoi ? » de mes nuits d'enfance. Question soudain lancée comme un appel d'air ; à voix haute, ce qu'on tait.

Question de survie. Les mêmes, inlassables, qui faisaient autrefois résonner mon vide. Son regard d'adolescent se perdait au loin.

« Ailleurs ? »

Robert Laffont a justement lu mon roman *Princesse d'ailleurs*. Il veut me rencontrer, évoquer, oui, ce « pourquoi on vit ? ».

Quelle autre question importe ?

Nos mots s'enchaînent comme l'on poursuit naturellement une conversation. À croire qu'on se connaît déjà.

Ma vie ressemble à un opéra baroque où chacun semble prendre place.

Les voix, une à une, font chorale. Dans le jardin du Luxembourg où j'écris mes manuscrits et qu'il traverse chaque jour, vers son bureau, on se regarde, les yeux dans les yeux, en se retrouvant la première fois. Quel est le plus étonné des deux ?

Nos parcours intérieurs nous conduisent sur la même route.

Il lui semble que je confirme le sens de ses projets éditoriaux. Il souhaite que j'écrive dans sa collection.

– Le Lien et le Sens, oui, les deux mots-clés ; une réponse au « pourquoi on vit ? » de votre orphelin, il est des questions qui résonnent toute une vie et…

J'écoute ce qu'il ne dit pas.

Quand comprendrai-je ce qui fait écho en lui ?

Aider la vie, votre acte de foi, aussi, n'est-ce pas ?

Pour que chacun compte pour quelqu'un ; mon slogan est un vrai sous-titre à cette collection qu'il dirige personnellement.

Il a mille questions pour comprendre mon action comme si elle avérait sa détermination. Il veut tout savoir. Repérer les phases, les mouvements. Les évolutions qu'il relève comme un parcours de sens.

– Vous créez votre association de Parrainage d'Enfants… *du bout de la rue*, l'année où Coluche crée les Restos du cœur, et vous, vous faites offrir la « Nourriture Affective »… à vos « Tables… d'*Autres* ».

Mes étapes semblent interroger les siennes jusqu'à cette toute dernière et personnelle Collection de sa carrière. Tandis qu'il parle, il me semble le revoir, inchangé, à la célébration du cinquantenaire de sa maison d'édition, sous les grandes tentes de la place Saint-Sulpice où le monde de l'écriture et personnalités en vue honoraient sa performance d'éditeur.

Robert cherche « le déclic » comme s'il questionnait la propre évolution de son itinéraire ; est-il vrai que j'ai commencé, désemparée, par passer une annonce de mon association, dans *Le Figaro*, pour trouver une marraine à la camarade de maternelle de mon fils que les parents alcoolisés oubliaient régulièrement, le soir, seule sur son banc ?

« Fou, non ?… »

« Quelqu'un… oui, une marraine, c'est bien… » avait alors bafouillé, à mon oreille, la mère qui avouait du… « tracas » avec le père qui confondait, la nuit, dans le lit… la mère et la fille…

Qui connaît le chiffre des petites et petits inces*tués* ? Combien, désormais, prennent la parole ?

Protéger la victime de l'agresseur ?

Réparer… aussi l'agresseur, ex-victime qui s'ignore ? En finir avec l'engrenage, la répétition, l'aveuglement ? !

Robert, attentif, interroge ; tenter aussi de reconstruire alors les pervers, « montés à l'envers » ?

Oui, les psys volontaires de mon organisation s'attaquent au systémique, seule issue logique, et reçoivent un nombre inattendu de courriers de toutes celles et tous ceux prêts à aider !

Bien sûr. Robert confirme…

– Aider la vie.

– Les phases marquantes… ?

On dirait qu'il veut retrouver le « sens » de mon itinéraire comme du sien et revenir, lui aussi, sur les pas de son histoire familiale, des coïncidences ou des impensables.

– Le sens de la vie, c'est ça, reconstituer nos fragments, combler nos manques, retrouver nos étapes, identifier nos rencontres…

– Plus on repère les hasards, plus ils apparaissent… comme si on réglait, grand angle, son regard, mais ça nous dépasse.

– Apprendre à lire sa vie…

Il a un regard qui défie… Un programme plutôt salutaire pour un prof de l'*Être*, non ? C'est à qui, des deux, évoque ses étapes.

– Ah, Marseille !… (Ses soupirs parlent pour lui.) Vous, c'est plutôt le Nord ?

Vous y faites avérer l'invraisemblable jusqu'à retrouver, en plus, un jour, la fille d'un oncle pendu qui, sans vous connaître, se révèle être… à n'y même pas croire !… la marraine d'une enfant de votre association et mère de Village d'enfants sos… créée par un homme qui se confirme … votre cousin ! Wouah !

La réalité a plus d'imagination que la fiction et qu'importe les « j'y crois pas… ! ».

Robert enchaîne sur ses propres « pas croyables ». J'écoute son enfance à l'accent du Sud, sa famille et la guerre. Ai-je lu son best-seller éditorial *Papillon* ; histoires rocambolesques et cartes aux trésors ?

Ce sont bien d'autres trésors qu'il recherche désormais. Il ponctue des silences qui en disent long… avant qu'il soit trop tard.

Si l'on pouvait éclairer un peu nos parcours ? Échanger nos regards portés ? J'écoute ce qui l'a décidé à me voir. Ce passage de mon livre où une institutrice, excédée par mon « a-scolarité », me désigne à la classe ; je suis « la lie de la société ».

– Un titre pareil, il faut en remercier la pédagogue, ça donne des ailes, de quoi gravir l'Éverest universitaire !

Lui aussi s'est accompli à chaque défi, à chaque rencontre étape avec ses auteurs. Il leur doit ses heures de gloire comme aussi, parfois, ses lassitudes d'éditeur vedette, « comme vous, sans doute, quand on est en première ligne ».

Il décrit des scènes de sa vie, zoome ou raccorde, commente comme un critique. Sa recherche désormais va bien au-delà.

– Qu'est-ce que l'on répare de soi ?

Nous le savons d'emblée, nous nous accompagnerons l'un et l'autre.

Il interroge « le cours des choses… les moments clés que les rencontres mettent au jour ». Cherche mes pistes qui mènent aux siennes, en quête d'un éclairage au-delà d'un bilan.

Il accueille mes résistances, j'accueille ses lassitudes. Chacun attentif, à l'écoute de ce que l'on ne dit pas. Des mots sans fond, muets comme des tombes. « … *Qui sait si vous les entendez ?…* »

Les silences finissent toujours par parler.

En danger de silence ; il a décidé du titre de mon livre avant même que je termine. Il l'a choisi lui-même. Pourquoi ?

Quels « silences » ? Quels indicibles se lisent, les yeux dans les yeux ? Les liens émotionnels, au premier regard, se reconnaissent.

Comment perçoit-il ce qui menace ? Menace le lecteur ? Menace l'orphelin ? Se devine-t-on à nos manques ? Aux silencieuses résonances ?

Et lui, l'éditeur, qu'est-ce qu'il tait ? Pas de mots pour dire l'absence.

Qu'est-ce qu'on est venu vivre sur cette terre ?

Quel vide comble les mots qu'il publie ?

Me missionnait-il de ce qu'il aurait voulu dire ? Voulu faire ? Peut-être aussi…

Évoque-t-il Marseille, son enfance ?… Juste des non-dits. Des soupirs.

J'essaie un… « et votre mère ? ».

Pas de mots sur le manque. L'absence.

Yeux dans les yeux. Main dans la main. Silence. L'éditeur répète comme on missionne. Écrivez !

En danger de silence, parution grand format. En poche aussi… plus facile. Combien de courriers en retour ? De mercis ?

Comment peut-il savoir que c'est bien ça et qu'il valide le projet « Grande Cause nationale » ? Si le secrétariat d'édition me transmet de nombreuses réactions de lecteurs, il a gardé quelques mots d'un message à mon nom qui semblaient s'adresser à lui-même.

À vous lire, j'ai pu reconstituer mon propre itinéraire, et « lire » mes épreuves. Entendre les silences. Rencontrer vos pages a laissé surgir ce qu'ouvre chacune d'elles.

Pouvons-nous savoir qu'*En danger de silence* rassemblera des écrivains engagés, des institutionnels déterminés à partager ce qu'ils ne peuvent pas dire ? À se libérer ? Que Jean-Denis Bredin, pour qui le silence est refuge de convenance, acceptera de témoigner de ces non-dits intarissables, que « ma » Benoîte, dont on lui reconnaît, depuis l'enfance, les traits physiques de son « parrain » irlandais, « ne voit pas bien le sujet » mais… ou que Mazarine Pingeot, qui sort à peine du lycée Henri IV ou je coanime l'Atelier Théâtre, m'écrit sa nécessité de différer son témoignage de silences d'État beaucoup trop lourds et que…

« Aider la vie ». Échanger les silences qui font baisser la tête, pour les mots qui la relèvent.

Pouvons-nous savoir, Robert et moi, que nous apprendrons aussi à parler sans rien dire quand les mots s'épuiseront, que viendront nos regards en renfort, jusqu'au bout de ses forces ? L'un et l'autre, tranquilles orphelins, main dans la main.

Aider la mort aussi.

– « Rien ne meurt… tout se transforme. » (Il sourit.) Que d'avenir alors… quand on vieillit !

Il m'interrompt parfois d'une main qu'il lève comme s'il dirigeait, moderato, nos mots comme nos silences ; fantastique symphonie.

Il orchestre. Encourage de ses sourires.

On apprend trop souvent à parler pour ne rien dire.

Brisez le silence avant qu'il ne vous brise.

Ça vibre… Silence a cappella.

Être utile à vivre et à aimer.

Nos mains, plus fort, se serrent. Allegro. C'est en moi que ça fredonne. Crescendo.

… Je ne savais pas que j'avais de la musique en moi.

Changez les choses… Il a un regard au loin.

… Publier les mots qui sauvent…

Peut-il imaginer qu'un jour… son fils ?…

Au ciel bleu croire ?

6

Cinémascope

> Toi, c'est une croix qui te commence
> La croix de la souffrance tu es double.
> Tu nous savais unis comme l'espace et le vent, la racine et la terre.
> Tu nous savais, l'un et l'autre, un seul regard aussi indissociables que le reflet de son miroir.
>
> *La Femme de parchemin,*
> C. Enjolet, TF1.

Le récitatif du film est diffusé en off. Les images génériques défilent.

Le célèbre cinéaste Robert Enrico annonce le premier Prix du Jeune Cinéma Français de Films Courts qui m'est attribué et la diffusion de mon métrage.

Le réalisateur, dont l'œuvre intimide, a le rôle de dénicheur de talents sur TF1.

Comment repère-t-on les balises sur nos parcours ?

Des photos de tournage sont projetées sur le plateau pendant que l'on s'installe. C'est ma première interview télévisée en direct.

«*La vie... traversée par de brillants soleils*», les vers de Baudelaire me reviennent tandis que se règle la lumière et défile le générique.

On me désigne le décor. On me place. Regard caméra. Je suis plutôt à l'aise comme lorsqu'on joue «pour de faux». Le cinéaste vedette m'observe; il ne m'imaginait pas si...

Les minutes avant l'antenne filent. C'est parti!

– Les femmes sont encore rares dans mon émission, surtout si... jeunes.

La voix puissante me présente. Gros plan.

Le réalisateur du mythique *Vieux Fusil* m'interroge sur ce jeune cinéma dit «littéraire» en vogue, objet de ma Mission de Recherche à l'Ina. L'homme fascine par sa filmographie.

Pourquoi m'a-t-il choisie pour son émission?

– Un sujet grave, prévient le réalisateur césarisé. Une jeune femme hante les couloirs d'un service TS de réanimation Suicide et voit défiler son histoire d'amour en flash-back sur les murs de l'hôpital.

«Vous avez utilisé la voix off pour un récitatif de votre actrice et...

Il s'abstient de toute question «d'inspiration»,

souligne mes stages multiples sur de grands tournages des Studios de Billancourt et mes nombreuses immersions d'autodidacte comme gage de « singularité » de mon premier film, *La Femme de parchemin*.

Je l'écoute évoquer mon parcours, oublieuse du direct, et l'on me dira plus tard « vous sembliez si naturels, comme en tête à tête ».

– Vous avez écrit le scénario, le dialogue imaginaire entre cette femme et l'homme qu'elle aime par-delà la vie… et la mort. Pourquoi ?

Ses questions s'enchaînent… Avez-vous toujours… ?

Non, je n'ai pas « toujours » rêvé de devenir réalisatrice, seulement des stages ou formations, divers assistanats, seulement des *Concours de circonstances* et…

Le générique lancé ne laisse que la voix enthousiaste du présentateur confirmer la révélation de sa sélection. Images !

Était-ce à la Première aux Champs-Élysées que ma mère avait expliqué, autour d'elle, que j'étais déjà dans le cinéma quand je l'accompagnais chez le réalisateur Édouard Molinaro qui m'avait regrettée trop petite, pour le rôle de *Zazie dans le métro* et que, à défaut, il m'avait décerné le « plumeau d'or » pour celui d'aide à ma mère, sa femme de ménage ?

« Comme quoi… ».

C'est une assistante qui m'interpelle dès la fin de l'émission et m'adresse ses félicitations par-dessus la musique du générique ; la chaîne a déjà reçu des premiers appels... et voilà !... des invitations de promotion et la Sélection honorifique de mon film à un prochain grand Festival de Cinéma. Tout s'accélère.

Il me semble avancer sur un chemin tracé.

Aux Rencontres Méditerranée du 7e art, « La Semaine du Cinéma » rassemble, en effet, le monde professionnel pour sa Soirée d'inauguration dans les jardins du Casino de Hyères que je découvrais, alors, aux côtés de Richard Berry pressenti pour le rôle de mon prochain métrage.

Marguerite Duras, Invitée d'Honneur, recevait le Grand Prix Cinématographique tandis que m'était attribué le Prix d'Honneur du Jeune Cinéma.

Je restais dans les coulisses pendant la diffusion du récitatif off de mon film avant de réapparaître seulement au dîner de gala, à l'annonce de l'arrivée du Président du Festival.

J'avais du mal à y croire ! Applaudissements aux tables. Ça ressemblait à une farce... Paul Guimard !

C'est bien l'orchestrateur des Choses de la vie qui honorait, sous les bravos de la salle, Marguerite Duras avant de s'avancer ensuite vers moi pour les félicitations d'usage. Je me levai, éberluée, pour recevoir, de ses mains, le second Prix et retenais à peine mes « …Comment… ? ».

Si j'avais l'air sidérée, à ce moment où je connaissais encore peu de choses de sa vie, lui, évidemment, ne semblait pas surpris de cette « Ironie du sort »… Après tout, ne m'avait-il pas, lui, en tout premier, confirmé ma sélection à l'Avance sur Recettes Cinéma ?

N'est-ce pas comme ça que l'on s'est rencontrés et puis les *Concours de circonstances*… normal, tu vois ? Et s'il ne faisait plus partie du jury depuis longtemps, l'écrivain, régulièrement adapté au cinéma avec succès, n'en restait pas moins la personnalité de la ville de Hyères, nommé Président de son festival.

– Comment… ? m'avait-il repris en souriant avant de souffler simplement : Voyons, j'habite surtout là, tu sais.

Depuis son « va voir ma fille », le grand organisateur est avec moi comme avec le héros de son roman *Rue du Havre*, le discret vendeur de « billets de la Chance », invisible aiguilleur de destins qui manigance magistralement les vies autour de lui.

– Il suffit d'observer, de laisser faire ce qui nous dépasse.

Chuchote-t-il, à mon oreille, son « sois légère »… ?

Les *concours de circonstances* s'avèrent dans un ordre que l'on ignore.

Le Président du Festival ne se délectait-il pas de cet

ordre ironique du sort, « ce sel de la vie pour qui sait y goûter » ? N'était-il pas de ces personnages de l'ombre, de ceux dont se perçoit, au fil du temps, l'importance ? De ceux, entourant « les grands de ce monde », qui se méfient de la lumière, dirigent les spots vers celui ou celle désigné au grand public ? De ceux qui vous lancent en scène ; « Action ! »

Les « acteurs » ne sont pas ceux que l'on croit.

Ne plaisantait-il pas de mon improbable amitié avec sa fille ; tu as rencontré ta part complémentaire, n'est-ce pas… Blandine, très professionnelle, style plutôt affirmée, qui se dispense de tout détour, fiable en saine égoïste revendiquée qui ne met jamais en dette ; vous faites un solide duo complémentaire.

– … Sois légère !

Cesser d'« avancer » à la force des bras ?

Juste suivre sa pente… pourvu que ce soit en montant.

– Légère…

Oui. j'avais bien avancé et observé les étapes d'adaptation de son roman *Le Mauvais Temps*. J'avais bien, aussi, rencontré, place Dauphine, Yves Montand dans son appartement. Je n'avais eu d'yeux que pour Signoret souvent admirée pendant les prises aux studios de tournage, déjeuners ou poses à la salle à manger de Billancourt où son aura occultait toutes les autres vedettes autour des tables.

Simone nous écoutait, attentive, en retrait. L'acteur

n'avait pas boudé son enthousiasme : « Je veux absolument interpréter ce rôle de maître à bord contraint de rentrer au port !... c'est pour moi !! » Il confirmait son emballement par ses grands gestes et ses mimiques célèbres. « Mais... faut m'attendre ; suis en tournage en ce moment avec Sautet sur *Garçon !* » Soupirs profonds à transmettre sans faute. « Évidemment... si c'était à refaire... »

– Viens nous voir, avait simplement proposé Paul en s'éloignant vers ses obligations de Président avant que je puisse lui annoncer l'accord que me donnait tout juste Jean Carmet pour le premier rôle de mon long métrage ; production et tournage au Canada.

« Viens nous voir » ?...

Je reconnaissais son air entendu pour me guider la première fois à Hyères. « Cherche pas... tu montes la ruelle Sainte-Catherine, vers la collégiale Saint-Paul... donc fatalement... »

Benoîte et lui se préparaient chaque année, en été, à leur voyage en Irlande

« et d'ailleurs, si tu veux connaître... »

Ne me fallait-il pas découvrir cette terre à laquelle je ressemble ?

« Vous êtes irlandaise », avait-il affirmé à notre première rencontre. Il était seulement temps que j'en ressente la magie légendaire, voilà ; parce que c'est lui, parce que c'était le moment. Je répétai après lui, légère… « c'est parti ».

L'écrivain ne s'inscrit-il pas naturellement dans le paysage lorsque je le retrouve sur ses terres de bout du monde où s'alternent les moments d'écriture et les sorties en mer ? Juste laisser venir les pages notées au réveil quand ses phrases s'alignent en écriture automatique, cadencées et régulières. Rien à y changer !

Pas du genre à prendre la plume… c'est la plume qui le prend.

Qui prendra ? L'écrivain jusqu'à un de ses derniers titres prophétiques, *L'Âge de Pierre*, qui décrit au scalpel la lente pétrification d'un homme solitaire, face à l'immensité, qui laisse la mort l'envahir comme une marée. « La mort », déjà commentée, minute après minute, dans l'accident fatal des *Choses de la vie*, reste « cette chose trop sérieuse pour l'affronter à la sauvette ».

Je suis accueillie par un berger impassible sous la pluie.

– Nice weather today…

…« Un pays fabuleux où la lumière vient de la terre… »

Yes, nice weather today.

J'y reconnais, oui, ce flamboiement de l'intérieur quand l'âme se donne à voir. Aux limites des falaises, les troupeaux semblent avancer sans limites vers le ciel. J'y reconnais ces terres infinies qui vous révèlent. Vous dimensionnent. Ces éclats surnaturels et familiers à la fois n'attestent-ils pas d'origines plus sûrement que toute fiche d'état civil ?

Les reflets, les paysages comme des mirages, se mêlent, et je me confonds en chemin, comme on me l'avait dit, avec les enfants au visage clairsemé, à « la chevelure de soleil », même en plein brouillard.

Se délester. Légère !… Larguer les amarres. Laisser la force du vent bâillonner les railleries d'enfance sur ma rousseur et laisser la lande fauve se déployer, libre vers l'horizon, jusqu'aux lignes flamboyantes.

Paul m'a guidée au téléphone pour m'approcher en voiture de ses lumineuses terres de légende, celles dont il avait d'emblée reconnu, à notre premier rendez-vous, le rayonnement sur mon visage comme on identifie sa famille. « Vous êtes irlandaise ? »

Terre entre brume et lumière. Comme nos vies.

– Tu découvriras, en accéléré, toutes les saisons qui transforment les états d'âme en miracles, a dit Benoîte.

Croire au « tout est possible » ?

– Viens déjeuner, tu verras.

Benoîte, oui, a fait bonne pêche et me promet les crevettes de ses casiers.

C'est à peine si elle ajoute « nous aurons un ami… ».

En direction du comté de Cork, j'approche des landes désertes qui semblent cependant surveillées par d'étranges silhouettes, çà ou là, au sommet des collines, le long des routes traversées par des troupeaux libres sous une immensité de ciels.

Je m'en étonne… en arrivant.

– Qu'est-ce que… ?

Benoîte, en pleins préparatifs, me montre ses casiers et a demandé, à son hôte qui arrive, d'apporter du persil. Je savoure ses célèbres crevettes tièdes.

– … Les hommes que tu as vus ?…

L'agitation feutrée se précise tandis que, en parlant, elle s'occupe de sa pêche.

– … Ah oui… le GIGN…

On dirait une visite présidentielle. On dirait ?… Féerie irlandaise.

Ça s'affaire en cuisine… du persil ?

Juste dans ce bout du monde, un vrombissement d'hélicoptère.

Benoîte, toute à sa cuisine, vérifie attentivement les changements de ciel.

Elle en confirmera, plus tard, la couleur dans son *Journal d'Irlande* que Blandine préfacera. Ciel bleu ou gris pour l'atterrissage ?

– … Du persil, oui… Mitterrand en apporte. Nice weather today.

7

Pour quelles rencontres est-ce que l'on écrit ?

> Je fouille les jours, les nuits. T'es là ?
> Je te cherche dans mes rêves.
> Je te cherche dans l'univers. J'appelle dans ma tête. Papa j'arrache les étoiles.
> T'es où, papa ?
> Je remuerai ciel et terre, je te retrouverai.
>
> *Mémoires d'enfance*, C. Enjolet.

– Vous aussi êtes insulaire ?

J'avais toujours imaginé l'Académicien de l'île Saint-Louis, figure littéraire, face à la Seine. Le courant devait charrier naturellement vers lui ses flots d'inspiration que l'écrivain, à son bureau, distillait mot à mot.

Je l'imaginais, oui, assis dans la lumière, pareil aux habitués des rives de l'île avec leurs cannes à pêche, ligne à ligne, écrivain tranquille, pêcheur de mots.

Je ne me trompais pas, non, lorsque je descendais le soir vers l'île pour le coucher de soleil.

Le réel confirme parfois l'imaginaire.

Frédéric Vitoux, que je découvre à mes côtés à la soirée de mon éditrice, a accepté la proposition avisée, de Blandine, de participer, à la suite de ma Nouvelle dédiée à mon père, au recueil *Mémoires d'enfance* réunissant les textes inédits de prestigieux écrivains en soutien à mon développement de « *l'Adoption Affective* » en France.

Comment suis-je placée aux côtés de l'Immortel ?

Quelle conversation avec l'académicien pour une soirée en faveur des orphelins de mon ONG ?

Chaque rencontre est un apprentissage.

Ma maladresse à remercier les auteurs présents, à favoriser les conversations, ne semble gêner ni l'académicien ni sa femme, ni Blandine naturellement à l'aise avec les signataires réunis pour un dîner, quai aux Fleurs, dans les salons privés de mon éditrice.

Je tais les élégantes excuses, sur mon répondeur, de Jean d'Ormesson retenu à la télévision, mais qui confirme d'ores et déjà, impatient d'un rendez-vous mythique, les dates de notre prochaine Rencontre Littéraire Égyptienne… « Ah, Assouan !… »

Comment, après sa disparition, ses messages enregistrés continueront-ils à se déclencher dans le silence de ma chambre quand je m'y attends le moins et que des déclics de messagerie feront inexplicablement réentendre, comme des bribes facétieuses d'« Un chant d'espérance », sa voix présente, surgie d'un espace-temps ?

« … Ce qui est certain n'est jamais sûr » ?

Si je devais prendre Frédéric Vitoux pour un Immortel sur piédestal, l'académicien, spécialiste de Céline, m'impressionne.

Qui nous a placés au dîner ?

L'insulaire et moi, nés sur les rivages opposés, nous découvrons le même fleuve dans nos gènes. Le même ancrage.

Notre mémoire familiale serpente entre nos berges.

Au chevet de Notre-Dame, c'est ma place ; entre les deux bras de la Seine, où les deux « jambes » à cause des broussailles de lierre à la pointe triangulaire qui écartèle le fleuve pour laisser naître l'île, ma place, oui, entre les fenêtres d'enfance de mon père quai de Montebello et la rive de l'île Saint-Louis.

Tandis que l'écume s'ourle dans la lumière des rives Notre-Dame, les péniches glissent sans froisser l'eau.

Sous le pont de l'Archevêché, coule dans nos veines la Seine.

Très vite, s'affirme notre amarrage, comme celui des mariniers dont il a décrit l'univers ; nos familles ne se sont-elles pas croisées ?

Fréderic et Nicole son épouse, nés dans l'île, ont la mémoire de leur lignée gravée dans chaque pavé, attestée à chaque versant des berges. Je les écoute me parler comme un partage entre insulaires, me confirmer mes sensations d'appartenance au passage sous leurs fenêtres.

– Ta grand-mère, l'orpheline que tu évoques dans ton livre et qui habitait le quai de Béthune, a dû connaître mes parents. Tout le monde se retrouvait au Café de l'Île.

La lavandière devait travailler sur un bateau-lavoir ; si les rives nord étaient celles des Hôtels Particuliers aux précieuses boiseries à protéger, sur les rives sud ensoleillées, les classes populaires embauchaient sur les bateaux amarrés.

Mes dégringolades quotidiennes du haut de la montagne Sainte-Geneviève n'étonnent pas le couple.

Je me hâte, le soir à la lumière du couchant. Je rejoins, sur les bancs, les bouquinistes des rives, alanguis des reflets de la Seine qui coule entre les livres.

– Ton père a donc grandi quai de Montebello en face et jouait, comme tous les gamins riverains, au chevet de Notre-Dame.

– Comme toi ?...

Comment l'Immortel que j'imaginais sous les hautes sphères de sa coupole se révèle-t-il si proche, si fraternel ?

Si je recherche mon père, l'académicien n'approche pas moins l'absence, au plus près, du sien dont il donne à entendre les silences, page à page, et dont il fait surgir les ombres aux contours de ses mots comme par la magie d'une palette de Manet dont il fait magistralement apparaître, en conférence, les secrets cachés dans ses toiles.

Par-delà le temps, la recherche du... *« père » perdu* remplit les bibliothèques.

Les vagues rythment le ressac des manques échoués sur ses rivages.

Phrases qui soupirent face au large.

Les mots s'épuisent à porter plus grand que soi.

L'authenticité de ses recherches m'impressionne et je me surprends à évoquer, de mon côté, ce père qui, face à la légèreté de ma mère, doute que je sois sa fille, rejouant, immanquablement... son propre père qui doutait qu'il soit son fils.

Faille béante en héritage.

– Mais voilà, quand les liens du Sang sont contestés, reste... « *Les liens du... Sens* » à inventer, c'est ce que fait – toujours plus loin et davantage – ton organisation, n'est-ce pas !

Peut-être mon père aimait-il, face au fleuve, ce ciel de giboulée, couleur délavée de ses yeux. « Du ciel, ton père voit tout, attention ! » me rappelait-on à la moindre occasion.

Un ciel d'acier s'affûtait, tranchant comme une arme.

Enfant du doute, mon père. Comme moi. Répliques de séismes.

De mêmes silences de mort bâillonnés dans les arbres généalogiques. De mêmes ravages de non-dits.

Les mêmes tueurs masqués, les mêmes suppliques dans les branches qui gémissent. L'indicible, dans nos veines, mot à mot, goutte à goutte, à l'encre de nos pages.

À ceux qui m'accusent de m'épuiser à refaire le monde, je concéderai bien « refaire le mien », remonter en flash-back comme dans mes salles de montage – images marche/arrière.

À qui s'inquiète de mes nuits d'écriture entre silences et rêves à tue-tête, je confierai le goût de mots d'espoir. De chuchotements. À pleine voix.

… Papa. Écrire ?

… « Pour quoi faire ? »

Parler à mon père.

Des hautes fenêtres de l'Hôtel classé du quai d'Anjou où je retrouve Frédéric et Nicole, je cherche à apercevoir, non loin, de l'autre côté de la Seine, la lourde façade en pierre grise de la Garde Républicaine des Célestins.

Les larges ouvertures du salon s'ouvrent sur un balcon fleuri comme posé sur le courant du fleuve, embarcation de pierre d'où les limites et repères se perdent.

« Les jours s'en vont… » Clapotis sous le vent aux premiers crachins qui laquent les étroits trottoirs vernissés de pluie. « … Reviennent… » quand les berges semblent se paver de miroirs brisés.

La Seine automnale réfléchit ses mirages et les perspectives se troublent, insaisissables.

Un ciel baroque éparpille ses reflets complices dans

les flaques et des feuilles de feu craquent parfois du bruit de pas, çà ou là, dans le silence romanesque du soir.

– Ton arrière-grand-père était caserné à Monge, juste face aux fenêtres de la petite blanchisseuse qui devient ton arrière-grand-mère et meurt toute jeune, en couches – je t'ai bien lue, n'est-ce pas – sans que la hiérarchie autorise le mariage, même in extremis.

Qui ne se précipite pas aux claquements des sabots, pour admirer les cavaliers parés de la Garde Républicaine ?

Se confrontent nos empreintes et leurs tracés sur nos pages. « Ah, oui et toi aussi… » Filiation insulaire. Molécule fluviale pour ADN.

Comme la terre humide garde la trace des pas, la mémoire résonne des charges des chevaux de la Garde sur les communards de la Mouffetard.

L'écrivain éclaire les pages romanesques sur notre quartier et notre Panthéon commun, son épouse, gardienne littéraire de l'île, et lui n'ignorent rien des grandes figures insulaires, des personnages de l'Histoire ni des auteurs populaires.

Du Simenon de la Mouffetard, longtemps amarré sur leur quai, nous partageons sa magistrale approche du « petit » peuple de Paris, son humanisme qui en dépeint les existences et s'abstient de faire, des victimes, des coupables.

Nous pourrions rester sans compter à évoquer la magie des lieux, le sortilège attesté des ruelles riveraines de la Bièvre au pied de mon adresse paternelle, les témoignages du pouvoir de ses ondes souterraines…

– Et… comment en serait-il autrement ?… La plaque en hommage à ton poète sous ses hautes fenêtres mémorielles de la Place à son nom ; figure de proue face au large, bien sûr… Aragon.

Le vent à la traversée des ponts, les vagues au passage des péniches, tout raconte.

L'érudit de l'Île, que j'imaginais figure romanesque de la littérature, a discrètement inscrit mon dernier roman en liste des candidatures pour un Prix de l'Académie Française dont le vote annuel, bientôt, m'honore et ne manque pas de m'octroyer, alors, des flots d'émotions transgénérationnelles.

Accueil en fanfare, sous la Coupole, et roulements de tambours de… La Garde Républicaine, en apparat solennel.

Les images, narquoises, se confondent ; et si ce parcours de reconnaissance en grande pompe me mettait face à cette cavalerie officielle dont les règles d'autorisation maritale avaient contraint mon arrière-grand-père à la non-reconnaissance de sa descendance ? Ironie du sort ? Les voix félicitent.

Rendez-vous de vie qui réparent.

Comment Frédéric aurait-il pu savoir ?

Comment cet arrière-grand-père astreint au

déshonneur serait aujourd'hui, par sa descendance, honoré ?

Je lance des mercis vers le ciel.

« Que sait-on, m'avait écrit une proche, fidèle lectrice, de la portée de nos existences ? Du pouvoir des mots, bouées de sauvetage ? »

– Tu as d'ailleurs reçu de nombreux courriers d'inconnus qui se reconnaissent dans tes pages. Écrire pour ses lecteurs, n'est-ce pas, d'abord, lire en eux ?

Les mots pansent.

Nous mènent vers ce que l'on ignore chercher.

Sous le bureau de l'académicien coule la Seine. Frédéric se tient, immuable au-dessus des flots comme je l'imaginais, silhouette intemporelle, grandie sous les hauteurs écrasantes des boiseries historiques.

Sur le balcon se posent, le soir, les hôtes de Nicole ; piaillements reconnaissants et ciel de battements d'ailes.

Nos trois silhouettes se meuvent, irréelles sous le jeu des réverbères. Glissements silencieux de péniches.

On dirait qu'un brouillard se lève, libère les perspectives.

Si la proximité, de part et d'autre de l'île Saint-Louis, ne devait pas suffire à nous réunir, nous nous reverrons sur de nouvelles rives.

Dans le Var…

– D'ailleurs, ton Palais San Salvadour de *Princesse d'ailleurs*, s'assure Frédéric, c'est bien aussi dans le Var ?

Nous nous retrouverons non plus perchés sur la montagne Sainte-Geneviève mais sur d'autres hauteurs.

Le hasard s'écrit par bribes pour ceux qui le laissent libre.

Écrire pour quoi faire ?

Je bredouille, incertaine… réparer les morts.

Je ne sais, de lui de moi, qui souffle le premier… Se réparer.

8

À tous ceux juste frôlés

Avant d'être un ange pour l'infirmière,
J'étais une poupée pour ma mère.
J'ai déçu l'une en choisissant de vivre,
L'autre en commençant à parler…
Les mots vont me faire exister.

Princesse d'ailleurs, C. Enjolet.

« Princesse… *de la rue Mouffetard* » ?

Mon roman paraissait avec la couverture que je n'aurais jamais espérée !

Comment advient ce dont on n'ose rêver ?

« Ma » photo culte ! Le photographe dont je ne manquais pas les expositions !

J'avais cité sans y croire, comme choix dans l'absolu, le célèbre cliché noir et blanc de *La Petite Fille aux feuilles mortes* ; frêle silhouette de fillette, le dos orné d'une traîne de feuilles d'automne pareilles à celles dont je me parais, princière, dans les allées du Luxembourg.

Depuis longtemps, je m'y étais reconnue.

Waouh ! J'avais les airs éberlués de style bande dessinée face à mon éditrice qui ne craignait aucun défi : elle avait réussi ; la photo culte d'Édouard Boubat !

– C'est vrai ? !

À la première dédicace en librairie, le photographe de notoriété internationale me confirmait, ému à la lecture de mon livre ; cette *Princesse d'ailleurs*... était bien « Sa » *Petite Fille aux feuilles mortes*.

Je ne trouvais pas les mots.

Les yeux dans les yeux, qui était le plus étonné des deux ?

Si je n'avais pu espérer cette photo pour mon roman, lui de son côté l'assurait ; son cliché attendait mon récit ; « ma photo attendait vos mots ».

– Elle, c'est vous... m'affirme-t-il à notre première rencontre sur les quais où il me donne rendez-vous, sans savoir... sous les fenêtres d'enfance de mon père.

L'artiste qui saisit l'invisible a un sourire humble de magicien.

Je fais vivre sa photo mythique, je lui donne vie, affirme-t-il.

Je reste sans mot, angle quai de Montebello ; là même où il a aussi photographié, hasard ?, l'entrée de l'immeuble paternel, juste au-dessus des degrés de Notre-Dame, là où des gosses de quartier, habitués « au sirop de la rue », passent le temps sur les marches, là où semble s'illustrer la phrase de mon roman ; « toute la journée, j'étais enfermée dehors ».

Voilà, c'était bien la photo des mômes de trottoirs, également parmi les plus connues. Sous le macadam de la rue des Maléfices, battent, jusqu'aux quais, les veines de la Bièvre légendaire.

Il n'y a de hasards que pour ceux qui ne savent pas les lire.

Nous ne nous lasserons plus de parcourir Paris. Toujours silencieux, Édouard et moi, çà et là à « guetter la photo ». Chut ! Saisir la vie, clic !… sans l'effrayer.

– Regarde !

Assis sur un banc des rives de la Seine ?

Appuyés contre un arbre, les yeux dans les feuillages ?… Le photographe répète… tu vois !

Zoom ou grand angle, il fait battre le regard. Là…

L'artiste m'élargit les perspectives. M'ouvre les portes de ce que je croyais connaître.

Il filtre, par l'écartement de ses doigts devant mes yeux, l'intensité de la lumière, contrôle mon regard comme une ouverture de diaphragme.

Il m'apprend à regarder, à me dimensionner… « Là… »

– Tu es responsable de ce que tu vois.

Lumière même quand la nuit enserre, entre les quais, les flots d'encre de Seine où s'inscrivent d'insaisissables faisceaux projetés du haut des berges.

Lui et moi, guetteurs sur le qui-vive.

Tous deux immergés dans une profondeur d'étoiles, une béatitude de silences sous la luminescence.

Il en est sûr ; on voit ce que l'on cherche.

Je sais toujours où retrouver le poète de l'image, assis sur les berges, sur un fauteuil du Luxembourg ou à l'angle de l'Île Saint-Louis, sous le saule, juste face au chevet de Notre-Dame.

Sa place est la mienne, celle que je ne croyais qu'à moi.

Que saisit-il, le regard toujours à l'affût ?

N'arrive-t-il pas de croiser un inconnu, le cœur soudain accéléré mais sans oser pourtant se retourner... ? Juste un « qui est-ce ?... » au bord des lèvres mais que l'on tait.

Instant suspendu. Trop vite disparu.

Et le présent devient déjà le passé.

Il désigne inlassable le ciel, le paysage.

Il déclenche... Là !

La lumière entre à flots à ses côtés, même par temps d'orage. Il m'apprend à la débusquer dans un reflet, à la saisir dans l'instant qui passe, dans la bulle de savon d'un enfant mirage.

Il m'apprend à voir. Le Rien. Le Tout.

Là !!!

Il a des regards de pays des merveilles, des yeux d'arbre de Noël.

Voir le monde dans un grain de sable

La beauté dans une fleur sauvage
Et l'éternité dans une heure...
C'est bien ça !

Saisir la photo ?
– Surtout pas !
La laisser venir... La laisser libre comme on apprivoise. Là !

Me portraiturer quand je ne m'y attends pas, « chevelure de lumière et regard d'ombre ».
Cliché daté. Signé. Image qui n'en finit pas de raconter.
On marchera ensemble souvent. Sans savoir.
Là où nous devons aller.

Immortaliser l'insaisissable. Cadrer le son. Faire entendre l'éclat, le fracas du Bourdon de Notre-Dame par l'envol des oiseaux en nuées par-delà la cathédrale ; envolée céleste sur le silence assourdissant de la capitale. Là !
La vie étincelle de toute part ; ravissements éphémères, son et lumière sur ses tirages.
Il met en lumière ce qui se donne à voir.
Pourquoi chacun de mes lieux s'éclaire-t-il dans la chambre noire du photographe ?
Je me grandis du regard de Boubat.
– Regarde !
Mon complice parsème d'étoiles les regards.

– Ah ! La photo de la petite fille aux feuilles mortes !

Boubat émeut l'éminent Professeur Laborit qui semble connaître toutes ses photos.

– « Princesse… *d'ailleurs* », on ne saurait mieux la nommer.

À la grande soirée Humanitaire du Prix Radio France attribué à mon engagement *Des liens pour chacun*, les Personnalités d'Honneur de différentes causes échangent dans le grand auditorium de la Maison de la Radio.

Le célèbre biologiste évoque l'immatériel. Des bribes de phrases se perdent, çà ou là, dans le brouhaha. Que devient la photo papier à l'heure du virtuel ?

Je suis appelée au micro pour le trophée remis aux côtés de Bernadette Chirac « Coup de cœur » pour son opération Pièces jaunes.

– Nous sommes une mémoire qui agit, confirme, en félicitant mon innovation, le Professeur Laborit.

– Le *Lien* et le *Sens*, deux mots-clés en neurologie.

Le célèbre biologiste valide la cohérence des mots et des actions ; « … ça vibre et ça vit ».

Pouvais-je penser rencontrer celui qui a révolutionné, avec les neuroleptiques, la déréliction psychiatrique et qui ouvre ses avancées humanistes au grand public dans le film d'Alain Resnais *Mon oncle d'Amérique* ? Comment imaginer… ?

Est-ce que nos rêves nous appartiennent ?

– Le « pourquoi écrit-on ? » ne se pose pas pour vous.

Le professeur Laborit a une voix qui capte, un regard qui happe.

Les mots qui tombent comme des larmes sur mes pages, les mots étouffés de génération en génération, garrottés par le temps, les mots qui s'inventent et les phrases qui scandent l'absence, Laborit entend leur silence, scrute l'instant, jusque dans un présent antérieur.

– Sur quel « Ailleurs » est-ce que l'on règne ?

La mémoire émotionnelle engramme le temps. Les ondes invisibles impactent la descendance.

La preuve que nous sommes *une mémoire qui agit* ?... Il a un sourire complice ; « Princesse d'ailleurs » n'attendait plus que... Boubat.

L'homme de laboratoire qui décode et humanise nos comportements a de grands yeux sombres qui vous éclairent, des regards qui vous embarquent.

– Faire vivre *Les Liens du Sens*, c'est donner sens à l'insensé. C'est trouver, dans l'affect, ce que je cherche en laboratoire, antidote à la logique mortifère.

Je n'ai pas à expliquer au Professeur comment chacun peut tisser un lien avec un filleul.

– Comment ne pas avoir à cœur de participer à ce maillage... « *Pour que chacun compte pour quelqu'un* » ?

Bien sûr qu'il souhaite tisser, de ses propres fils, « cette tapisserie humaine ». Il reprend le titre de mon dernier essai, « *Ceux qui ne savent pas donner ne savent pas ce qu'ils perdent* » ; c'est la multiplication des pains du Donner et Recevoir.

– Les bénévoles de votre organisation ont de la chance : on est nourri de ce qu'on donne.

Le professeur semble gêné. « *Tout près de chez vous un enfant a besoin de vous* »... vos affiches le rappellent, mais... j'ai mes enfants et déjà beaucoup de petits-enfants... mes recherches et communications à l'étranger. Il a entendu parler de mon « Parrainage d'enfants... *du bout de la rue* » lors d'un reportage sur son lancement officiel par Jacques Chirac devant l'Assemblée des maires de France à Paris, et il en avait retenu un « lancement » de filets de sauvetage ; « l'empreinte d'attachements insécures s'étend jusqu'à la descendance... ».

Je le rassure de la simple invitation à rejoindre le Comité de Soutien de personnalités scientifiques comme Hubert Reeves, de philosophes comme Matthieu Ricard ou d'artistes comme Yves Duteil qui offre en amitié un Concert pour « prendre un enfant par la main » ou...

Le professeur commente le déploiement de mon concept comme le montage des plans du film de Resnais. Les ondes se propagent ; *Meaningful Links* jusqu'à l'international.

– Introduisant un Tiers, vous offrez de rompre le déterminisme. Un traumatisme irradie jusqu'à... quatre générations !

Les blessures de rejet ou d'abandon déclenchent des pathologies avec lesquelles on se confond.

Si le scientifique explore les comportements humains, il en est sûr : le parent spirituel tisse des liens, hors système familial, et met au monde de l'altérité… ce qui peut tout changer.

La principale télévision japonaise, représentée ce soir-là, viendra filmer notre *Adoption Affective en France* et leur célèbre cinéaste, Kore-eda, rencontré au Maroc au sortir d'un orphelinat, deviendra l'irremplaçable ambassadeur d'un changement des « convenances » nippones.

Le rôle de *Parent Affectif* offre un Joker de vie.

– De quoi déjouer les blocages.

Par les liens du sang on *A* la vie, par *Les Liens du Sens* on *Est* en vie.

Avoir et Être à conjuguer dès le berceau.

Le professeur, au panthéon des humanistes, qui a libéré l'homme de la camisole de force, qui labellise ma « fabrique de *Liens* et de *Sens* », tradition *Tisseurs du Nord*, confirme son soutien à volonté.

J'ignore, à ce moment, les recherches qu'il « tisse » avec Boris Cyrulnik, leur complicité et amitié.

– Ah ! Boris !… Votre Président d'Honneur ?

Évidemment… *Les nourritures affectives !*

– « Sous le signe du lien »… bien sûr… Comment ne pas suivre ?

9

Aux amours échouées de s'être trop aimés

On te dira que je suis mort mais ce ne sera pas vrai. Vrai… vrai…

Temps d'amour, C. Enjolet.

Le Cri de Munch, ça devait être ça. Silence tout autour. Qui foudroie.

– Pas de mot pour ça…

J'ai fait l'appel automatique de Paul, à tâtons comme on cherche l'air, comme on s'accroche, pour survivre, à un repère.

Je m'agrippe au fil téléphonique pour me retenir à la rive, des au secours plein la tête.

J'ai balbutié : « Il est mort. » Mort.

Je me raccroche au fil de la voix qui répète… « Pas de mot pour ça. »

Je ne vois plus rien. Le ciel s'est éteint.

Silence.

Je l'entends qui respire, me branche à son souffle… Respire ! Ni question de « comment ? », ou « pourquoi ? ».

Il sait.

Quel verdict a-t-il pressenti dans le dernier livre de celui qu'il nomme « ton bel écrivain » ? Il n'évoque pas sa rencontre récente avec le père de mon fils ; ses mots sur les angoisses de l'écriture, ses doutes sur son dernier roman, son besoin de reconnaissance. Le mal-être au fil des pages qui l'engouffrent. La lassitude invisible sans fond. Sans mots.

Ses prémonitions, dès l'adolescence fragile du vide à venir. À fleur de peau, la vie. Les lignes qui s'effritent et le vertige du pire.

Pourquoi l'écrivain solitaire avait-il demandé à le voir en rempart ? Qu'importe. Trop tard.

« … pas de mot pour ça. »

Les murs se resserrent. Je ne vois plus rien autour de moi. Je m'accroche au son de la voix comme à un fil.

« Respire… »

Branchée en urgence… « Respire… »

Il me semble percevoir son cœur battre. Peut-être qu'il dit… « pour ton fils… ton fils ».

La mort. L'impuissance encore. Le néant.

Hier, aujourd'hui, l'absence en écho ; Lui, mon père… ma mère… l'absence qui recommence. Le vide toujours qui martèle.

J'ai des mots qui supplient. Je m'embourbe, me débats. Béance encore qui menace.

La tragédie ? Quand se rejoue ce qui n'a pas été compris.

Respire !

Peut-être avais-je trop prié au catéchisme après la mort de mon père... plus jamais un *pas de papa*... plus jamais, *une maman toute seule*, s'il vous plaît... plus jamais l'absence...

La tragédie ? Quand se rejoue ce qui n'a pas été compris.

– Respire !

Je voudrais étouffer les terreurs. Les demains marécages. Bâillonner les prières. J'ai des « *Ainsi ne soit-il pas* », des *s'il vous plaît* plein la tête. Stop !

Disparaître.

Des bruits de porte d'entrée d'immeuble.

Des sifflotements dans l'escalier. Les marches habituelles, quatre à quatre, des retours joyeux de collège. Je cherche l'air.

Mon fils monte.

Pas de mot...

Le vide se resserre. Enserre.

Écran noir. Se rejoue le cauchemar diabolique, les mêmes cris de ma mère entendus à la mort de mon père.

Mon fils, lui aussi, a compris.

Comment mon fils de onze ans ; « mon filleul », dit Paul, rapportera-t-il, plus tard, les mots de son père entendus dans un rêve ?

« On te dira que je suis mort mais ce ne sera pas vrai… »
Pas vrai… pas vrai…

Combien de fois ai-je répété ce déni à la psy qui me tient, jour après jour, à chacun de nos rendez-vous ?

Le même « Pas vrai » crié par ma mère en ouvrant le télégramme du facteur ; « Époux décédé. » Présent et passé en boucle.

C'était hier et c'est encore. La vie morte.

Le dernier regard du père de mon fils est le même que celui de mon père. Un même signe de la main en descendant l'escalier.

Dernier geste paternel avant de se rendre au contrôle de ses blessures à l'Hôpital des Armées. Même dernier geste de l'homme que j'aime.

La main qui se lève. Un « Tchao ».
Le même *à dieu.*
Tchao…

Les mêmes pas qui descendent. Les marches qui engouffrent. Images gravées. Pas vrai ! Arrêt sur image. Cauchemar qui nargue.

Plan fixe. Instant arrêté au cadran de la montre. Un mot qui sonne comme un glas. Tchao !

Qui nargue le temps et l'espace.

Tchao… tchao…

Les « pourquoi ? » qui martèlent. Jamais ne s'arrêtent.

La voix de la psy m'hypnose. Souffle ses mots comme on souffle sur les blessures.

À mes côtés, elle se tient.

Elle tâtonne pour parler de lui. Ses « il… *était* » me broient.

Ça ne se peut pas ! Stop !

Elle me fait repréciser la date du décès de mon père.

« Fatalité », aurait soupiré ma mère, comme on se rend, pieds et poings liés.

Oui, un vendredi 13. Pas besoin d'en rajouter, s'abstenir d'un… « comme le Christ ».

Je me lève d'un bond du divan. Je veux partir. Quitter la pièce, je bafouille, je dis quitter « la scène ».

– La Cène ?

Elle ne force pas mon mutisme. Elle répète ses « doucement… doucement… ».

Il fait froid. Il fait noir.

Elle a noté le jour de l'enterrement « du père de votre fils ».

Le même « tchao » qui recommence.

Silence.

Elle confirme à haute voix, en fermant son agenda, la date des obsèques… un même vendredi 13…

Les jours ? Le temps ? J'avance en automate, je voudrais qu'une pierre me tombe sur la tête. Je décroche ses photos d'exposition ; ses portraits paysages qui font mal : son premier Prix à la galerie L'Œil du diaph.

Les matins me paniquent. Des jours pour rien. Des vies qui bravent. *Mon amour, ma déchirure*... j'appelle dans le vide, vaille que vivre. Hier et demain, des répétitions qui narguent.

Des présents ivres de passés.

– Ce qui n'a pas été perçu se répète.

Le temps d'apprendre à vivre, il est déjà trop tard.

La psy ne m'arrête-t-elle pas quand je réhabilite aveuglément, sur le divan, ceux qui abandonnent. Se suppriment ?

Elle me relance, patiente... Associez !

Oui... mon père terrassé de silences, noyé dans le regard absent de son père, tout comme il me noiera dans le sien.

Oui, aussi... le père de mon fils, surpris un jour à hurler face au sien « ... est-ce que tu m'aimes, papa ? » et contraint à s'arrimer alors aux rives de ses pages comme on s'ancre, ligne à ligne, à tout prix.

L'écrivain reconnaissait-il « L'effroi des non-dits chez Maupassant », sujet de son mémoire universitaire ?

– ... écrivain miroir... jusqu'à mourir au même âge... avait repris la psy, ... la même année du siècle suivant, n'est-ce pas ?

Paul n'avait pas manqué de remarquer, à notre

première conversation, ma réponse à son « … et ton père ?… ».

– Mort d'un arrêt du cœur.

Avais-je seulement décelé un petit sourire ; « arrêt du cœur ? »… oui, ça finit toujours comme ça. « C'est ta mère qui disait ça ? » avait-il interrogé.

Avais-je évoqué le résistant du Vercors à dix-sept ans, le prisonnier, le rapatriement d'Allemagne et les mois d'hospitalisation solitaire au Val-de-Grâce ? Les stigmates qui ne guérissent pas ? L'homme vaincu, tenu d'en finir, de se détruire, jusqu'à un rapport médical final mentionnant un « delirium » qui déboulonne le héros, me déchire, tout comme ses éclats d'obus qui lui explosaient la tête.

Que dit mon re-père par « sois légère… lâche ta gravité ! » ?

Et lui ? « Léger », l'écrivain qui le voudrait bien ?

Redoute-t-il, lui, les demains qui paralysent, les lourdeurs à venir, « *Le Mauvais Temps* » qui pétrifie ?

Mes proches même me secouent : « Bon sang, revendique pour toi ! »

J'ai des murmures, la nuit, qui n'en finissent pas. Ceux qui me consolent de l'absence, savent-ils, en moi, sa présence ? À tout instant. À chaque souffle de sang.

« Sois agressive ! » insistent des proches qui ne trouvent plus quoi dire.

Avais-je voulu devenir bonne sœur quand j'étais gamine ? ! Non, *religieuse*…

– Ah, bien sûr ! n'avait pas manqué de relever la psy, « religerer », c'est re*lier*, alors, vous, vous avez réussi votre vœu avec « *Les Liens* du Sens ».

Se privait-elle de classer la « bonté » dans la case « agressivité refoulée » ? Les souvenirs enfouis nous agissent, s'inscrivent dans nos cellules.

– L'état de détresse de votre père, de votre fils ou de son père ?...

Silence de mort sur le divan.

Et... « Voootre » détresse ?

N'ai-je pas été, jusqu'alors, privée de moi ? Esclave amoureuse de ses chaînes ? rappelle la voix derrière moi.

Ne pas confondre amour et attachement.

Peur panique de mort imminente. Constante.

– Vous aussi avancez sous la menace d'un passé qui bombarde.

La mémoire transgénérationnelle peut sauter les générations, comme les cheveux roux génétiques... « *Ta chevelure de feu de bois* », avait, face à ma rousseur, cité mon « prof » qui m'admettait à l'École normale.

– En manque d'air depuis la naissance, respirer par vous-même, naturellement, c'est ce que vous voudriez... ?

La mort qui menace reprise à mon compte. « Épée de Damoclès », disait ma mère qui l'avait au-dessus de la tête, amoureuse coupable de son père, séducteur du style « canotier sur le côté », qui avait quitté le domicile familial pour une maîtresse, le jour où… trahison ! elle fêtait ses dix-huit ans.

– Se rejoue ce qui n'a pas été compris ; « l'amoureuse éconduite du père » vous « permet », enfant, alors en revanche, l'homme qui – bien sûr !… en a l'âge ; … son amant ?

La psy laisse un silence, elle connaît mes défenses infatigables à plaindre les femmes avant moi ; ma grand-mère orpheline de sa mère blanchisseuse nourrie de rats pendant la Commune comme celle du côté paternel… « alors vos deux grand-mères – et vous – orphelines au même âge, à cinq ans… ». Elle suit bien, la psy, peut-être qu'elle note dans mon dos ?

… À plaindre aussi la jeunesse de ma mère piétinée sous les bottes de l'occupant, tout juste émoustillée par les « Schön Fräulein » pendant la guerre.

– Moi, je n'ai pas connu…

La psy se lève.

– … Pas connu l'Assistance Publique ?! Et le cadeau de l'amant… dans votre lit. C'est bien à sept ans ?

« Et votre état inflammatoire permanent qui vous valait régulièrement l'hôpital pour votre bien ?

L'enfant dépend, oui, de sa terreur tout comme il croit dépendre du tout pouvoir, de vie et de mort, du parent.

– Votre mère existait par… Vous ; « Je suis son Dieu », se rehaussait-elle de son tout pouvoir de vie et de mort devant ses voisines. Solide, comme captation !... Pas de risque de rêver à une autre mère. Voilà, ça vous attachait. L'une à l'autre ligotées.

Encordées.

C'est moi qui m'étouffe comme lorsque je suis sortie du film danois *Festen* pour chercher l'air, appuyée contre une voiture, tétanisée face à l'inceste révélé pleine face.

Innocent incestué plein écran. Stop ! En finir. Please !

Je panique quand elle répète pour elle-même « encordées » en s'abstenant du « comment s'est donné la mort, le père de votre fils ? ».

Silence.

– Vous aviez lu sa fragilité dans son premier roman ; tout n'était-il pas écrit ? Les rôles définis ? « Le sauver ?... Le mythe du sauveur ; n'est-ce pas sauver les autres... pour « se » sauver ?

« Vous sauver... vous... de votre impuissance ?

Elle prend un ton léger pour souligner les caractéristiques de tragédie.

– N'incarnait-il pas la même impuissante détresse de votre père, non reconnu dans le regard paternel ?

N'avait-il pas choisi pour thèse « La folie chez Maupassant » confirmant Lacan ; « Le fou est celui qui a tout perdu sauf la raison. »

– Associez !

Elle a un rythme de voix comme on guide, mot à mot.

Le patient est celui qui ignore ce qu'il sait.

Elle laisse des silences comme des respirations.

– N'incarnait-il pas aussi – en plus – le tout pouvoir de votre mère ?

Double emprise !... L'étau se resserre.

– N'aviez-vous pas inscrit à la dernière page : « C'est lui que je cherchais » ?

– Sauver qui... ?

– Vous apprenez la mort de votre père par les cris de votre mère... La scène engrammée se rejoue pour votre fils.

La même... !

Peut-être parle-t-elle de renoncer à ceux qui ont besoin de moi pour exister ou... à ceux dont j'ai besoin pour me faire exister. Peut-être parle-t-elle d'incarnations. D'expériences.

Je voudrais rire, narguer les « retours du même », ironiser des « je récapépète ».

Remplacer le besoin par l'envie ?

La professionnelle ne lâche pas... Oui, ce – ou ceux – dont j'ai envie...

– ... Même pas en rêve ?

Les mots narguent, nuit et jour. Jamais ne se taisent

« *Tu es ma femme chemin, femme parchemin sur lequel s'écrit un livre d'amour.* »

« ... En rêve ?... »

La vie est un songe dont la mort nous réveille.

– Respire !

La voix comme on se branche, « … respire », ses mots en goutte à goutte pour ne pas mourir.

« Il y a des morts et des disparus plein nos maisons… avait-il écrit, et j'avais surligné, … tout vient d'ailleurs, de l'inconnu, d'autres, et nos fantômes cohabitent étrangement. »

De longs échos bientôt se confondent.

« Respire !!!!! » s'étaient aussi affolées les sages-femmes pour que je vive…

Comment savoir que me reviendra, plus tard, ce même mot pour reprendre souffle aux côtés de Paul quand s'imposera, lentement, son absence ?

« Respire… »

Que je me répéterai aussi, face à sa mort, les mêmes premiers mots priés sur mon berceau.

… Respire !

10
Aux rencontres dont nous ne percevons pas la portée

> Fondatrice de « *Les Liens du Sens - Meaningful Links* », l'écrivaine transmet désormais son action au Japon, rassemble tous ceux désireux d'« *être utile à vivre et à aimer* ».
>
> *The Change Makers*, C. Enjolet.

Comment me douterais-je que la star, très entourée et dont je reste à distance, me sera indiciblement proche ?

Mireille Darc tardera-t-elle à parler de rencontres d'âmes ? De regards que l'on reconnaît, sans comment, ni pourquoi ?

– … Juste parce que c'est toi, parce que c'est moi.

L'icône de magazines m'apparaît, inexplicablement, comme une intime. Mireille a lu *Les Liens du Sens* et reconnu les mots miroirs.

C'est sa profonde implication dans ce qu'elle

entreprend qui m'a plu lorsque nos engagements réciproques nous ont distinguées du même Grand Prix médiatique international qui célèbre, chaque année, l'action pérenne d'une *Femme de cœur*.

Je lui surprends une attention rare, un sourire de connivence quand elle me regarde.

« *Je ne m'attendais pas à toi* », devrais-je fredonner face à l'actrice aimée des Français, distinguée, après Sœur Emmanuelle, pour son engagement *Enfance Chirurgie Cardiaque, et qui se révèle, si vite, indiciblement proche.*

– « Je ne m'attendais pas à toi », dis-tu ?... C'est que tu ignores encore que les vraies rencontres sont des rendez-vous.

Elle approuve sans réserve le commentaire off d'un film japonais qui m'est consacré et me convainc, d'emblée, d'accepter l'invitation sur le plateau de la principale chaîne NHK.

– Puisque le Japon se manifeste... Des *Liens* et du *Sens* au bout du monde, ça ne se refuse pas ! Va !

Meaningful Links sans frontières, Mireille est prête à soutenir personnellement le développement de cette chaîne d'engagements volontaires et elle me choisit très vite comme son invitée « sororale » sur le plateau d'une célèbre émission télévisée.

L'enfance sans repères ?

Mireille Darc sait de quoi elle parle ; celle que ses proches appellent *Mimi* a témoigné de la sienne – sans père –, de son parcours sur la corde raide – sans *re-pères* – dans une très sobre autobiographie.

Les yeux dans les yeux, on se reconnaît, l'une et l'autre, quelque chose d'ineffable dans le regard, « quelque chose qui fait mal… qui fait mal ».

Toi aussi tu as choisi un homme à sauver ? Tu l'as perdu ?… moi aussi. L'une et l'autre, à défaut, bien sûr, de sauver la détresse de notre père.

Lit-on dans nos yeux comme dans un livre ouvert ?

Elle ironise ; elle ne sait pas si l'amour se reconnaît au premier regard mais le manque, oui ! Parlerait-elle d'une « même quête », une « même béance » ?

Pourquoi vouloir donner ce qu'on n'a pas reçu ?

C'est une interview accordée, au hasard d'un voyage aux États-Unis, à une correspondante de presse en France qui a intéressé rapidement les médias.

Les slogans « *L'enfant est l'affaire de tous* » et « *Merci de vous mêler de ce qui ne vous regarde pas* » deviennent un vrai laissez-passer, sauf pour les traductrices nippones, rougissantes de l'inconvenance de mon slogan !!! « *Oh* !!… » Et Mireille se retient d'en rire. Arigato.

C'est pourtant la chaîne japonaise NHK qui missionne une équipe pour un long reportage à Paris et une véritable enquête auprès des bénévoles infatigables comme auprès de mes proches ; mes photos d'enfance apparaissent en inserts, çà et là : gros plan sur celle prise par mon parrain quand, à cinq ans, je me hisse à la corde, juste à la force des bras.

– Une préfiguration, tu vois ? Oui, c'était bien déjà toi… *à la force des bras*, commente Mireille.

La réalisatrice nippone ne manque pas de créer une image de moi, très manga, de frêle petite fille qui tient le monde sur ses épaules.

Hasard si Yves Duteil est la Personnalité d'Honneur de l'émission où je suis l'invitée ? Le film rencontre un succès au Japon, un livre bilingue paraît et Yves, précieux Ambassadeur de notre engagement, préface *Une étoile pour chacun*, album symbole du parrainage d'enfants qui s'étend.

Hasard si, favori au Festival du Film de Marrakech où je préside une Table Ronde « Littérature et Cinéma », le réalisateur japonais Kore-Eda projette en nocturne ses films à contre-courant, comme une ouverture sociétale qu'il ose par-delà la bienséance japonaise.

« *L'enfant est l'affaire de tous* », le slogan émeut le public du festival, debout pour les applaudissements.

Des publications de notre Charte Éthique paraissent une nouvelle fois aux États-Unis qui envoient un groupe étudiant les « métiers de l'enfance » très vite affolé par son stage :

« Parrainer un enfant… *du bout de la rue* ?!… My God ! »

Innovation pilote ?… Organisation bénévole ?

Mais… les autorisations ? Les contrats ? L'interprète hésite à traduire les affolements quant aux responsabilités… aux assurances… aux…

Mireille s'en veut de ne pouvoir filmer cette immersion ; symbolique de « l'incommensurable océan… entre deux continents ».

La réalisatrice-photographe détecte les états émotionnels qu'elle approche à la caméra, saisit les portraits intérieurs au-delà de ce qui se donne à voir.

Pourquoi me fait-elle découvrir ses propres photos d'enfance ? « … Tu vois ? » Voir quoi ?

Les ombres portées ? Les engrammations ? Les visages fermés ? Les regards vides emplis de non-dits ?

Le silence est le royaume des maux.

Mimi me reconnaît comme une petite sœur sur laquelle elle veille. « Tu étais dans des relations karmiques » jusqu'alors, de celles qui vous dévorent.

Ah… ? Lit-elle ce que j'écris mieux que moi ?

– Les hasards sont des liens noués dans des vies antérieures.

– L'empreinte des lieux, tu connais. C'est qu'il y a du monde à ton adresse !!! Ça vibre sur plusieurs générations…

Je sais qu'elle a coché mes pages.

– Plutôt aimanté ton homme qui avait photographié, avant de te connaître, l'affiche symbolique *1900* sur l'ancienne adresse, ignorée, de ta famille et où vous allez, sans le savoir, vous installer plus tard, et… La vie ne vaut que par ce qui nous dépasse.

Ça résonne, oui, hors le temps. Mimi semble entendre ce que je ne dis pas.

Elle a tout lu et confirme le « *nous sommes une mémoire qui agit* » du professeur Laborit.

N'a-t-elle pas relevé la préface de mon premier roman en hommage à ma mère ? Ton écriture la rend « Vivace à défaut de vivante »… « non, les vibrations ne disparaissent pas avec le corps ».

Les mots exsangues s'effacent comme les noms sur les tombes.

La mort s'écrit à l'encre vide.

L'inlassable réalisatrice, qui a déjà approché les plus démunis, apprivoisé les oubliés ou les Sans Domicile Fixe en confiance avec elle à chaque reportage, m'accompagne, à reculons, à l'Orphelinat Saint-Vincent-de-Paul.

– Tes « SAF » me semblent plus tragiques encore… Sans Affectif Fixe, c'est juste pas possible.

Un enfant au visage enfoui dans les bras d'un policier dirigé vers le fléchage « Admissions » la fait frissonner. Mireille se tient en retrait. Défaite.

– Je veux voir quand même où tu étais…

Plusieurs jours de repérage dans les différents services de nourrissons et jusqu'aux étages des mineurs la laissent le souffle court quand elle me suit.

– On voit que tu es chez toi, cherche-t-elle à taquiner même si notre pâleur réciproque ne trompe pas, là où étaient, avant toi, Hervé Vilard, ou Smaïn qui a offert, au Maroc, un spectacle à tes protégés.

Celle qui a traité des sujets les plus sensibles semble faiblir au fur et à mesure des salles jusqu'à celles des grandes qui nous observent tandis que je les apprivoise.

– Moi aussi, avant vous, j'étais là…

Elles s'approchent, me dévisagent tandis que je leur parle. Me touchent. M'interrogent.

– … Comme nous ? Quand ?… Combien de temps ?

Les plus grandes comptent, entre elles, sur leurs doigts, les mois, les jours ici « qui leur restent ».

Là, à ce calcul à rebours, Mimi jette l'éponge et, presque, sa caméra.

Non, elle n'ira pas voir là-haut, sous l'immense coupole au niveau des toits, mon ancien dortoir qui donne jusqu'aux frondaisons du Luxembourg dont les allées offrent, narquoises, des images d'enfance de cartes postales.

Mireille sort pour se ressaisir tandis qu'une jeune femme, en larmes, fait les cent pas devant les hautes fenêtres de la bâtisse. « …on ne veut pas me rendre ma fille… » Mireille, attentive, cherche des mots rassurants, des pistes d'aide, essaie un… « et votre famille ? ».

– Famille ?… Mais…

Silence.

– Mais moi… je viens de là… ! Stop !

Mireille pâlit.

Elle fait signe à son équipe technique. C'est trop ! On arrête ! Pas de caméra ! Ça va !

– Je ne peux pas !

– L'affaire de tous ?

C'est la préoccupation de Pierre Joxe, ancien ministre de l'Intérieur lors d'un débat signatures du Salon du Livre sur l'enfance en danger.

– Y compris les adolescents incarcérés ?

– Un parent affectif est vital pour les trop jeunes sans repères que la prison achève.

Je rentre d'un Centre Hospitalier pour enfants de Nantes qui attend la mise en place d'une de nos antennes à la demande du Chef de service Pédiatrie « Contre la solitude, un lien, ça aide à guérir ».

Si j'incite Mimi à différer son documentaire sur mon orphelinat Saint-Vincent-de-Paul, elle aussi me protège de la même manière.

– Tu décèles tout de suite l'enfant en souffrance, et même si ce sont tes bénévoles qui – comme tu dis – « font tout », n'empêche… Tu en fais trop !! Sauver les enfants ? Les ex-enfants ; sauver l'homme qu'on aime, n'est-ce pas ?… Et puisque cela ne suffit pas… sauver tout autour de soi.

On rit comme d'une macabre farce : « Ah non, pas par générosité… (nos rires grincent)… pour réparer. »

« Charité bien ordonnée… répétait ma grand-mère, … commence par soi-même ! »

Bras dessus, bras dessous, même si on rit, on y va tout de même, réparer les cassés.

– C'est vrai que, toi, tu es plutôt « perchée », ironise-t-elle, sur les hauteurs de la montagne Sainte-Geneviève ou celles du golfe de Hyères, face à Cyrulnik. En figure de proue, défie-t-elle, tu peux voir loin. Quelle hauteur de vue ! Pas mal pour écrire !

« Devine… ? Née à Toulon, je fais partie des paysages de la baie, de tes environnements… "émotionnels".

Croit-elle si bien dire ?

Ni elle ni moi ne pouvons pressentir qu'un jour, le plus tard possible, j'irai sur les traces de sa mémoire, je découvrirai son livre *Mon père* ; ce père fantôme qui n'apparaîtra qu'une seule fois dans sa vie, quai Cronstadt, face à la rade toulonnaise – là même où, sans savoir, je m'installerai pour écrire… *Au ciel bleu croire.*

Elle pose sur moi, parfois, des regards qui voient loin, qui devinent. Si elle parle à peine de son enfance, elle commence seulement… « moi aussi, je… ».

Ce qu'elle ne dit pas, elle le chantonne en refrain : « … *comme toi… comme toi…* ».

– Après quoi on court ?

Elle prépare ses réponses d'interview parfois à haute voix ; une image idéalisée de soi-même ? Retouchée ?

– « Par peur de mourir, on passe sa vie à mourir de peur », c'est toi qui l'as écrit.

La relation à la mort, elle ne la craint pas.

– La mort ? Véritable amie de l'homme.

Oui, une simple dormition… Rien ne se perd, tout se transforme ; du vivant quoi !

– Moi, mon cœur m'a lâchée par trois fois. Rattrapée in extremis, comme toi aussi… quand tu as voulu… « jeter l'éponge ». Par trois fois récupérées, l'une et l'autre.

La mort, on l'a approchée de très près, non ?

Sur l'immense bureau de son entrée, Mimi place mes livres aux côtés de ceux qu'elle me fait découvrir sans se tromper. À son « mais comment fais-tu pour passer des jours, des mois, des années sur l'écriture d'un livre quand tout le monde n'est plus que sur son ordi ? ».

Est-ce que je teste la portée des mots comme des notes de musique ? Les mots ne s'élancent que quand ils sonnent juste… Et je la charrie :

– Et toi, comment trouves-tu la force d'un nouveau sujet tabou de documentaire ?

Les tabous ? La metteur en scène, sans père, qui n'a pu devenir mère, les connaît ; « même pas peur ».

– Cette fois, après les femmes à la rue, affronter le sujet de l'excision, alors que Benoîte me fait te dire, d'expérience, que tu vas être rejetée, entre autres, par les victimes elles-mêmes, et que les dangers…

– N'empêche !…

C'est elle qui tient à m'épingler la Médaille de Chevalier des Arts et des Lettres aux côtés de l'académicien Frédéric Vitoux qui célèbre mes publications ou missions d'Ambassadrice Culturelle.

Sait-elle, déjà, Mireille, que c'est moi qui la retrouverai, plus tard, à l'Élysée aux côtés d'Alain Delon, officiellement honorée par le Président de la République, Nicolas Sarkozy ? Les honneurs ? Juste pour le fun… Elle cite pour elle-même : « La gloire est le deuil éclatant du bonheur. »

Face à l'assemblée et à la multiplicité des regards, s'observe l'improbable assemblage. L'un pourrait-il savoir que c'est à un autre, derrière ou à côté de lui, qu'il doit d'être là ? Que l'un prend sens par celui qu'il ne connaît peut-être même pas ?

Que ce qu'ils forment ensemble apparaît comme une fresque indéchiffrable ?

De l'estrade, Mireille me commente, à l'oreille, les invités et ce qui lui apparaît comme un découpage de ces scénarios qui dépassent toute fiction. « Quel personnage, pour quel rôle ? Quels petits cailloux semés sur ta route, *Petite Poucette* rêveuse ? »

Elle joue de critiques espiègles. S'amuse de la scène qu'elle semble examiner de haut, décrit l'auditoire ; « toi et ta bande d'écrivains… ». Elle sait mes interventions littéraires à l'étranger, les conférences qui rassemblent, dans les capitales, les intellectuels.

Elle place les premiers rôles, commente pour me

faire rire. « Tiens, par exemple, l'écrivain Saint Bris, aux allures si "aristos", ne te faisait-il pas fuir ? »

« N'est-ce pas, pourtant, ce Gonzague qui a su te parler des enfants Sans Affectif le plus intimement ? Pas si éloignés, vos univers, quand tu lis son livre *Les Vieillards de Brighton*.

C'est bien toi, finalement, bientôt bluffée par vos jeux au *Clos Lucé* dans la chambre de Vinci, vos fous rires de gosses dans le train littéraire de *l'Orient-Express* ou à la *Villa Médicis*, et tu m'as raconté ses saluts espiègles, à votre table de l'Ambassade du Vatican, face aux larges portraits de sa lignée. À lui – comme à moi – tu peux répéter : *Je ne m'attendais pas à toi...* ; innombrables sont ceux dont nos a priori nous détournent et les vraies amitiés que nos préjugés nous font manquer.

Pourquoi, lui, le remarque-t-elle dans l'auditoire, parle-t-elle de « surgissement de rencontres » ? Pourquoi ajoute-t-elle comme pour elle-même « ... jusqu'au dernier jour » ?

Que sait-elle de ce qui attend – trop vite, surréalistement – l'un à la suite de l'autre... ?

Le cadre s'élargit. On dirait qu'elle voudrait placer chacun comme les éléments d'un ordre. Les absents aussi ont pris place au montage. Les silhouettes vont et viennent, se confondent. Les disparus au premier plan.

Les voix se perdent. Plan large. Ce qu'il faut de hasards...

– Les morts sont en toi... ton sédiment... commente-t-elle encore à mi-voix, ... dans tout ce que tu fais vivre... Ils sont les mots que tu écris.

À chaque instant recréés, insaisissables et éternellement recommencés.

Face à moi, les regards semblent aviver une fresque. Le décor déploie une perspective grand angle.

Mimi observe le mouvement de mes proches et invités. Cherche des visages.

Les absents, plus que présents, prennent place dans nos silences.

Son regard perçoit les inserts, cadre comme les plans de ses films ou de ses photographies.

Elle m'a confié les textes d'accompagnement de sa prochaine expo sur les Champs-Élysées.

De l'estrade, la « metteuse en scène » présente les rôles ; celui-là le messager, là-bas le grand organisateur, elle devine le casting. Elle connaît les protagonistes visibles ou invisibles, et tous ceux et celles qu'on ne remarque pas et qui se retrouvent parfois – « c'est toute la magie du jeu » – au premier plan.

Mireille et moi sourions ensemble aux photographes. Pas reconnues par nos pères... doit-on l'être par nos pairs ?... Mimi et moi. Un sourire. Un clic.

L'ordre du temps ? Les hasards qui nous frôlent ?... Elle se recule du micro ; peut-on prendre de la distance… ? Se hausse sur la pointe des pieds, et… « de la hauteur ? ».

– « Vous ?… là… » (elle simule à voix basse des questions à la salle) « … percevez-vous les forces qui vous mènent ?… »

Flash photographique sur notre fou rire.

Quelles farces d'aiguillages pour que les routes improbables se croisent ? Qu'importe. Elle reprend, en se levant, une citation cochée dans mon dernier livre. « La vie est un état d'esprit… »

Elle poursuit la phrase qu'elle confirme avec un sourire énigmatique :

… « la mort aussi, un état d'esprit ».

11

À ceux que je n'ai pas vus juste à côté

> ... Pour que tout recommence,
> Pour que rien ne meure...
>
> *Temps d'amour*, C. Enjolet.

Les hauteurs du littoral se confondent avec celles de la montagne Sainte-Geneviève. Les mouettes circonvoluent comme au-dessus de la Seine.

Qui avait ironisé sur mes « hauteurs » de vue ? Mirage jusqu'au large. Envoûtant jeu de miroirs.

L'appel des cloches du village regroupe les silhouettes éparses. La mer flamboie.

Des familles prennent place sur le parvis de l'église où leurs ombres virevoltent en même temps que le sautillement des oiseaux.

Mon regard zoome, par-delà le clocher, jusqu'au Palais San Salvadour. La Princesse d'*ailleurs* a bien retrouvé ses rivages.

Envoûtant jeu de face-à-face.

C'était bien là, « *cette pointe où la terre s'enfonce dans la splendeur méditerranéenne comme une lame solaire* », avait décrit Saint-John Perse, écrivain de la presqu'île de Giens. Je me sentais arrivée. Où ? Pourquoi ?

C'était là cet... « *Ailleurs* » incommensurable. Voilà !

Quel temps retrouvé ?

Devais-je recouvrer les sensations, réactiver les souvenirs, reconnaître les vagues mouvantes sur le sable, les saveurs du large ?

Quel « rôle » m'avait validé la Commission « scénario » ?

Pour quel « Cinéma » avais-je été choisie ? Quelle mise en scène, pour quelle intrigue ?

Qui avait parlé d'un chemin de vie ? Vers quel ordre ou dessein ?

Si mes rencontres semblaient orchestrer des *Choses de la vie*, révéler le montage des séquences, les flash-back pas à pages, si Boris, complice, m'écrivait « *des soleils* »... si Mirelle répétait ses « qu'avons-nous à comprendre de tous nos signes ? »... « certains vivent chaque jour comme si c'était le dernier et d'autres, sereins, comme s'ils avaient l'éternité ». Si...

Un envol de sons, de reflets colorés de vitraux, salue la fin de la messe. Le Père de la petite église de Giens serre les mains, distribue des sourires aux silhouettes qui sortent de l'ombre, écarquillent les yeux.

En me dirigeant vers le presbytère, il me commente

les documents sur ses projets de soutien scolaire en Afrique.

Les larges fenêtres ouvertes, encadrées de bibliothèques, s'ourlent de grappes de glycines. Les mouettes piaillent sans faire taire les cigales. Des voiliers frêles miroitent dans le soleil comme des papillons de mai.

Des ouvrages interreligieux sont restés ouverts sur la table basse, le Père a évoqué, à l'église, l'humble ouvroir d'une foi méga puissante ; mort et vie, simple cycle puisque les âmes se réincarnent ; il suffit de regarder l'enfant qui naît... naturelle repousse... comme celles, qu'il désigne, de son jardin.

Ses mots se confondent sur l'horizon ; « les hommes réclament des miracles, mais refusent le mystère ».

– La résurrection ? Tout change et renaît autour de soi. Ne se réveille-t-on pas autre, chaque matin ?

Le Père écoute les silences. Les parfums embaument, et peut-être fais-je entendre un soupir quand les vapeurs tièdes des grappes sensuelles épanouissent des souvenirs parmi les glycines.

– Vous avez perdu quelqu'un, n'est-ce pas ?

Le père de mon fils apparaît, çà ou là, quand je ne m'y attends pas, son visage se surimprime n'importe où, nuit et jour.

Des plus-que-présent s'entêtent. « *On te dira que je suis mort mais ce ne sera pas vrai.* » Pas vrai.

Je me lève fébrile.

– Rien ne se perd… (La voix calme du prêtre philosophe insiste.) Tout se transforme… tout est vie.

Il a un geste, face à la vue de la fenêtre, comme on remet un cadre à l'endroit. Je me rassois.

– La mort n'est pas l'absurde… mais le corollaire de la vie.

Les mouettes semblent rieuses quand je regagne le parvis. La voix obsessionnelle de ma mère répète « Nous sommes un grain de sable dans l'univers ».

Que suis-je allée chercher au presbytère ?

– La vie est épreuve, la mort délivrance mais c'est pourtant sur elle qu'on pleure, a souri le prêtre.

La lumière aveugle à la sortie de l'église.

Un homme jeune m'adresse un signe complice.

Il a reconnu mon nom parmi les écrivains intervenant au Salon du livre de Hyères. C'est avec un large sourire qu'il se présente ; « votre premier filleul ».

Il a ôtés on chapeau comme un signe de connivence.

– … Suis chauve maintenant… comme ma mère…

Sa mère en chimiothérapie intensive m'avait demandé de veiller sur son fils à la sortie d'un cours, à ma première affectation.

Non, je n'ai rien oublié.

Avocat désormais, spécialiste de la famille, il plaide ardemment, assure-t-il, pour le développement de l'*Adoption Affective*, « votre innovation incontournable » !

Partout. Il en est sûr ! Le coût humain inestimable des solitudes n'échappe plus.

Il a suivi mes comptes rendus de Missions « Parrainage *du bout de la rue* » auprès de Martine Aubry ou Ségolène Royal pour *Agir contre l'exclusion*, les colloques au Sénat, à l'Assemblée Nationale ou au Collège des Bernardins.

Il parraine à son tour. Des enfants l'entourent. Des petites mains se glissent dans la sienne. Il n'a pas à me rappeler sa marraine, sa « mère de cœur » ; la cantinière du Collège, une des premières volontaires à rejoindre mon association débutante et qui avait spontanément élargi sa famille d'un filleul, orphelin trop vite.

Il n'a rien oublié. Remercier.

Encore. Témoigner.

Une chaîne spontanée sans frontières. Une inestimable Économie Humaine.

« *La bonne fée des enfants maltraités* »… Sœur Emmanuelle se plaît, les yeux toujours rieurs, à me nommer, chaque fois que je la retrouve, d'un de mes titres d'hebdomadaires.

Elle ferme toujours les yeux quand elle veut qu'on se concentre, comme elle, pour l'écouter.

– Et dire qu'enfant, tu pensais trouver refuge au presbytère et devenir Sœur toi aussi… ne restait plus qu'à transformer la peur – qui ne peut rien – en la Foi qui peut tout… n'est-ce pas, ma p'tite ?

Elle a vu le film de ma visite de soutien d'orphelinats en Russie et m'a reproché de ne pas avoir accepté, à Moscou, un chèque de don conséquent que je soupçonnais mafieux.

– Ben oui… quoi ! Toi, tu en aurais fait du bien… Transformer… c'est ça, notre job ! (Elle fait taire mes… « mais »…) Le miracle de la métamorphose, tu connais ! Sur les tas d'ordures du Caire, j'ai chanté avec les gosses des rues… Tu m'imagines comme le coq, les pieds dans la « … » ?

« *Femme de cœur* », elle m'a remis mon trophée et nous nous rencontrons, dès lors, chaque année, quand notre entreprise mécène pérennise, en mémoire du fondateur, son engagement international pour l'Écologie Humaine.

Oui, j'ai refusé les propositions des hommes d'affaires qui encerclent de limousines les grands hôtels autour de la place Rouge comme un piège racoleur face aux babouchkas qui tiennent le pavé sous la neige pour éloigner, le soir, leur petite-fille des attractions du luxe ou des fascinations fatales des vitrines du Goum.

– Et que crois-tu que tu pouvais faire ?

La sœur a lu mon roman *Nina*.

– Ta rencontre à l'orphelinat moscovite avec une petite ; ton âme sœur, c'est vrai qu'avec tes yeux clairs et tes pommettes hautes… est-ce que l'on sait jamais d'où l'on vient ?

Elle assure comme on console :

– Tu l'as perdue, tu la retrouveras. Où ? Comment ? Inconcevable !... Pourtant, quand on ne peut rien faire... (elle a un rire de gamine taquine) ... on peut « faire advenir ».

N'a-t-elle pas pointé un doigt réprobateur sur moi, trop « fragilisée » à mon retour de « ce lointain orphelinat où tu as reconnu ton double... » ?

– Et toi ?... qui prend soin de toi ? !

L'automaltraitance n'est pas moins condamnable, affirme la Sœur même si elle se rassure, en revanche ; les épreuves sont là pour nous renforcer, apprendre à les surmonter. À évoluer.

– Une vie de rêve, ça ne fait pas des êtres éveillés... Yalla !

– Mais tous ces signes, ces impensables qui te réparent, ces improbables de ton existence, tes guides, çà et là, sur ta route, oui... ces messagers qu'il faut apprendre à écouter et...

– Écoute, ma p'tite... Personne ne passe par hasard dans nos vies.

C'est ça !!! C'est ça que tu dois écrire... Promis ?

Me prépare-t-elle, la sœur infatigable, à plus de force pour demain ?

– Pourtant, tu seras encore trahie, trompée. (Elle ferme aussi les yeux, Sœur Emmanuelle, quand elle s'absorbe dans ses pensées.) Mais Judas n'est-il pas le plus à plaindre ?

« Supporte et abstiens-toi !

Passer son chemin même si l'abus de confiance est le plus douloureux à vivre, reste à trouver de la compassion pour ses ennemis, condamnés à réduire la grandeur d'autrui qui les fait se sentir si petits.

Tu le sais, toi : « œil pour œil, dent pour dent » n'a jamais fait que rendre le monde aveugle.

Elle s'est montrée touchée par la dédicace de mon album *Une étoile pour chacun*... Si seulement !... « Yalla ! »

La Sœur, solide avec ses baskets sous sa soutane, a des fous rires de gamine.

Elle a fait son « boulot » et peut partir s'isoler ou se faire « dorloter » au couvent qui l'attend. Dans le Var... Et j'en souris sans qu'elle comprenne.

– Toi, « la prédestinée », qui arrives sur cette terre le jour de résurrection du samedi pascal... il te reste la question, n'est-ce pas : « ... pour quoi faire ? »... Yalla !!!

Elle attend que Dieu la rappelle. Il ne faut pas craindre ce qui s'achève ; quand la forêt se dépouille, le ciel se donne à voir.

– Cet enchaînement des choses... si tu n'avais pas été à San Salvadour... et si tu n'avais pas rencontré... et tous ces inexplicables pour ouvrir nos yeux...

Le hasard ? La somme invisible de nos choix.

– Si tu retires un fil à la trame ; si tu n'étais pas née un jour de Pâques, si tu n'avais pas hésité à vivre « *j'y vais ou j'y vais pas ?...* », si tu n'avais pas rencontré...

« Si on retire un fil, tu te rends compte ?… C'est toute la tapisserie de nos vies qui se défile !

« Providence ? » ou parfois « fatalité ? », selon que cela se passe comme tu veux ou peut-être, plutôt, sans que tu le saches… comme c'est le mieux pour toi ! D'ailleurs, j'ai lu que tu es née prédestinée, alors…

Elle fait son sketch, referme les yeux comme on se connecte, interroge malicieuse, en levant la tête vers le ciel, impatiente qu'« on » la rappelle, « et alors, là-haut ? !… »

Supporte et abstiens-toi ?

– Toi qui vois l'inexplicable apparaître sur ta route, avait relevé la Sœur, tu dois bien percevoir, çà ou là, comme Einstein ; « Dieu qui se promène incognito ».

– Toutes nos rencontres nous racontent, n'est-ce pas ?

Si on ne le sait pas, c'est à côté de sa vie que l'on passe.

Qui serait-on sans nos épreuves ? De toutes les pierres sur ton chemin, choisis-tu d'en faire un mur, ou plutôt… un pont ?

Elle serre ma main, l'une près de l'autre ensemble comme « deux p'tites orphelines » ; elle rit ; pas le choix que rester débordante de vie. Qui serais-je si, enfant, je n'avais pas vu mon père se noyer sous mes yeux ? Et toi ? Le tien… pfitt au ciel !

Quand on n'a pas pu sauver au plus près, faut sauver au plus loin. « Transformer le malheur en… épreuve »… ton credo, n'est-ce pas ? « Nous sommes un grain de sable dans l'univers », disais-tu, ma petite ? Mais l'univers n'est grand de rien d'autre.

Yalla.

Le Plus Grand dans le plus infime.

– *Ceux qui ne savent pas donner ne savent pas ce qu'ils perdent*, c'est bien le titre de ton dernier livre, ma fille ?

Yalla !

Elle parle de ceux qu'elle appelle les anges... ce n'est pas à toi *Angelet* qu'on explique ça. Plutôt prédestinée avec un nom pareil !

Les anges, tu le sais donc bien ; tout simplement ceux ou celles, imperceptibles, qui vous frôlent à peine, que l'on reconnaît – ou pas –, et qui, par « hasard ? », orientent nos vies. Tu vois ?

Toi l'écrivaine, c'est un cadeau magistral d'écrire tout ça ! Donner n'est ni se sacrifier ni se réduire, mais se grandir. Se grandir, oui, de nos rencontres.

Elle a parfois le regard qui s'éloigne, qui s'élargit. Tu n'es plus Un... tu es chacun, tu es pluriel.

Ses provocations ont des accents de « la frondeuse Benoîte Groult » quand elle pastiche les « la vie après la mort ? ».

Voyons, c'est « avant » qui l'intéresse !! rappelle l'écrivaine quand je la retrouve.

– Pas se laisser aller, plutôt mourir de son vivant.

Elle qui ne s'est jamais laissée vivre, pas question de se laisser mourir, de partir doucement. Elle se convoquerait elle-même. À la lumière des mots, la plume à la main, « vous me mettrez avec en terre »... et c'est reparti pour quelques vers d'Aragon que la mémoire fatiguée n'efface pas.

Désuètes nos soirées poésie entre amis, chez moi à Paris, ou juste entre l'une et l'autre à Hyères, à semer les mots qui nous mènent, « *loin, très loin par les chemins* », les mots qui nous tiennent ? La retiennent.

« ... Déjà trop tard pour apprendre à vivre », alors, apprendre à mourir, pas le temps !

Trop occupée, Benoîte, par la poursuite du combat pour le droit des femmes puisque les générations dédaignent les héritages dits d'*arrière-garde*.

Elle « twisterait les mots, s'il fallait les twister... », celle qui craint l'oubli plus que la mort.

« Le sang sèche vite en entrant dans l'histoire. »

La fatigue ne lui baisse pas les bras ; attention, « les barreaux repoussent » !

Benoîte combattante et si tendre à la fois ne lâche pas le stylo jusqu'au dernier jour. Elle aime que je passe l'embrasser quand je dois m'absenter, même pour quelques jours.

– Tu reviens quand ?

Elle prend ma main comme pour me retenir. Elle a le regard d'une mère telle que, dans les livres, je l'imagine.

Pas question pour moi de partir sans entendre ses mots que j'attends. Mots cadeaux. « ... Ça va faire long ! »

Jusqu'à l'ultime moment, Benoîte, tu resteras assise devant une feuille blanche. Appliquée à la recherche des mots devant la page, comme une enfant…

Trop tard. « *C'est un rêve modeste et fou…* »… les mots d'Aragon au bord des lèvres – « … *Vous me mettrez avec en terre comme une étoile au fond d'un trou* ».

Silence si intense que j'en tremble. Silence que sa fille Blandine, plus tard, mettra en mots. Naître et mourir, le stylo à la main.

Je te regarde et j'ai mal quand ta main se pose. Déjà.

Repose.

Les premiers mots d'*Au ciel bleu croire* s'écrivent en moi.

12

À tous mes vrais soleils

> À tous ceux et celles qui partagent cette traversée.
>
> À celles et ceux que je n'ai pas vus, tout près, juste à côté.
>
> *La Mère morte,* B. de Caunes.

Les étoiles s'attirent selon des lois inéluctables, seule l'ignorance parle de hasard.

Comment suis-je avec le médecin urgentiste Xavier Emmanuelli en conversation animée comme depuis toujours ? Nous nous sommes souvent simplement croisés.

Qui n'admire pas sa création providentielle du *Samu Social* ?

Après toutes ses années d'engagement, le French Doctor part le lendemain ouvrir un dix-septième Samu en Amérique latine.

L'inconscient ne connaît pas le temps, qui de l'un ou de l'autre y pense tandis que l'on échange comme si nous poursuivions une conversation hors chronologie ?

Qu'importe le temps qu'il a fallu malgré les occasions de rencontres amicales autour de Boris.

Je renonce à un « pourquoi maintenant ? » qui me vaudrait un « parce que c'est le moment ».

L'un et l'autre face à face.

L'ex-Secrétaire d'État à la Santé évoque ce qui le mobilise, ce qu'il priorise entre foi et engagement. Ai-je lu *La Consolation* ?

Oui, j'ai d'abord rencontré ses livres.

Peut-être pense-t-il aux hasards, aux rendez-vous manqués ? Il sourit, ne pas chercher, laisser advenir.

Qu'est-ce que l'on re-connaît ? L'histoire inscrite dans un regard ? Un mot ou un silence ?

Pourquoi évoque-t-il l'éditeur de son premier livre ? Je n'y crois pas… le même que Boris ? Le même que moi ? ! Je répète incrédule… Paul… Guimard ?

Normal !…

Est-ce qu'il parle des rencontres comme des fléchages sur nos routes ?

Vers quoi ?

Mireille, elle, ne m'avait-elle pas reconnue à nos mêmes manques, à la même absence dans le regard, a notre besoin de réparer les autres pour nous consolider nous-mêmes, à l'entrelacs invisible de nos actes ?

– Voilà, ironise Xavier, donc la question est bien : « Qu'est ce qui se trame ? »

L'averse tombe fort sur la pergola du petit café Soufflot juste en face de sa maison d'édition.

Nos mots, nos silences s'échangent naturellement. Trop affranchi du diable et du bon Dieu, l'urgentiste n'érige pas le camp des bons et des méchants, attention aux risques de la foi ; pas d'angélisme, ni de sacrifice, met-il en garde en me tutoyant d'emblée ; tu en fais trop !

Lui, l'aîné qui jamais ne se pose, ne se repose, insiste ; ne jamais s'imposer à… soi, il prend un air narquois… ce que l'on n'imposerait pas aux autres.

Attention, en revanche !… Gare aux « Prédateurs de l'action Humanitaire », titre d'un de ses livres que je ne manque pas de retenir. « Juste apprendre à reconnaître les dépossédés d'eux-mêmes, contraints à posséder autrui, à vampiriser pour survivre. »

– Tu vois ?

Le bénévolat dérange ceux qui monnaient les besoins humains en prix de journées, les experts qui s'honorent de transformer les « budgets » associatifs en Chiffre d'Affaires, les gestionnaires « disruptifs » – ça le fait rire – qui exilent, vers les régions désertées, bâtiments historiques d'orphelinats ou d'entraides sociales qui n'ont plus leur place au « cœur » des villes.

– Le genre de ceux qui usent tellement de mépris pour autrui qu'ils n'en ont plus pour eux-mêmes.

Qu'importe ! Si déceptions et trahisons font partie du parcours, l'urgentiste a sa boussole intérieure.

« Les pervers ? » Juste des « montés à l'envers » que l'on se tue à réparer, à remonter à l'endroit tandis qu'ils tirent vers le bas.

À piéger leurs victimes, ils s'enferment eux-mêmes.

Les « tueurs », titre dont se targuent certains candidats politiques, sont ceux qui ont peur.

Le bourreau n'est-il pas une victime qui s'ignore ?

– Il faut remercier ses ennemis.

Les yeux de Xavier se plissent, malicieux, quand il rit, son enfance toujours pétillante dans son regard.

On dirait qu'il conclut ; le chaos est juste un ordre inconnu.

Craindre de voir sa création d'urgentiste réduite à néant ? L'ancien Secrétaire d'État à la Santé sourit.

– Les plus remarquables constructions s'écroulent, comme nos vies… place aux nouveaux venus pour reconstruire.

Recommencer.

La pluie élargit des flaques de miroirs. Aux côtés de ce médecin *Sans Frontières*, les mots s'humanisent.

L'indicible s'apprivoise à chaque maraude quand des yeux largués s'ancrent, enfin, dans un regard.

La pluie fait des claquettes sur les trottoirs, je retiens mes doigts qui danseraient bien sur la table célébrant ce moment où le « chaos » apparaît clair, du genre « mais, c'est bien sûr !… », ces moments où les paradoxes deviennent des corollaires, où l'indignation même s'accepte.

À ses côtés, le regard s'apaise, les limites s'étirent « *au seuil de l'éternité* ».

– Vivre… mourir est si simple.

L'urgentiste s'excuse de répondre à son portable. Avion confirmé.

Xavier doit déjà se mobiliser pour sa prochaine mission. Avancer.

La compassion pour itinéraire ? S'enrichir de ce que l'on donne, ça marche.

– Ah, *les Liens du Sens*, oui…

« *Pour que chacun compte pour quelqu'un* ».

Pourquoi Mireille, Sœur Emmanuelle, Benoîte… semblent-elles assises à notre table ? Paul, lui, avait prévenu dans son dernier roman où son héros s'éloigne lentement des vivants ; il avait écrit lui-même son devenir. Rester maître, même de ce qui vous échappe. L'écrivain-conseil de Mitterrand, croyait-il aux « *forces de l'esprit* », au « *je ne vous quitterai pas* » du Président ?

Son héros se pétrifiait dans le mutisme dont il m'avait, peu à peu, libérée.

De ses silences à son tour, j'entendais tout.

– … Votre père… avait commencé une infirmière qui m'interrogeait sur son état quand elle me retrouvait auprès de lui.

La reprendre ?

Quel mot pour la parenté affective, quelle place pour les liens émotionnels ?

Boris nous avait rejoints pour la dernière fois dans le vaste salon, avait-il volontairement oublié le traitement médical qui ne servait plus à rien ?

Instant arrêté au cadran de la montre ?

Boubat aurait saisi l'image, le cliché des « *Choses de la vie* » ; l'écrivain, entre ses filleuls *d'écriture* ; l'un et l'autre comme l'on étaie. Des comment ? Des pourquoi ?… échangés dans le regard ; frère et sœur de résilience qui s'ignoraient et que « le grand organisateur » … Peut-être que l'on s'était serrés un peu plus tous les trois.

Rendre compte des heures qui marquent ?

J'écris en apnée, sur le fil, pas à pages entre réel et imaginaire. Les mots s'allient contre l'indicible. J'enfouis les petits papiers plein mes poches, des mots qui attendent le *la*, la phrase, la page. Leur place.

Pour que se lise tout haut ce qui s'écrit tout bas.

Les « concours de circonstances » font surgir des lumières sur ma route, me font trouver ce que j'ignore chercher.

Ai-je vraiment vu, en chemin vers Xavier, la frêle silhouette qui m'a arrêtée devant mon église Saint-Étienne-du-Mont ? La voix jeune a dit des mots imperceptibles en glissant quelque chose dans ma main.

Je me suis retournée, sans comprendre, sur le trottoir étrangement vide, j'ai découvert, en m'éloignant, une image de la Providence.

N'est-ce pas le mot-clé de Xavier ? Et ne suis-je pas, étrangement, invitée à intervenir en prochaine conférence… sur ce thème ?

Comment, mécréante, en suis-je arrivée là ?

J'ai pressé le pas vers Xavier qu'il me semblait entendre déjà ; « … rien que de bien normal ».

Dans le silence, j'ai ri, seule dans la rue.

Le « messager », semblait-il déjà, avait disparu.

L'*angelet*… ironisera-t-il… tu ne l'as pas reconnu.

Les gens se croisent, mais peu se rencontrent. De combien, suis-je, aveugle, passée à côté ?

Ce hasard, sourirait sans doute l'homme de foi, c'est Dieu qui garde l'anonymat. Frissons de nos rencontres manquées.

Les mots pâles s'avivent, s'assemblent comme dans ma salle de montage.

Les images s'accélèrent.

Insert parfois.

Ne pas lâcher les lignes comme on tient à un fil. Faire revivre. Empêcher l'instant de se perdre ; retenir la célébration amicale des quatre-vingts ans de

Paul entre le ministre Robert Badinter et Danielle Mitterrand, dans la grande salle privatisée d'un restaurant-opéra des bords de Seine. Film musical, cinéma color passé trop vite.

Ne pas lâcher les lignes comme on tient à un fil. S'agripper à la rive. « Contre la séparation, le départ, annoncé comment... ? »

– Les départs sont... des arrivées, assure la foi de Xavier.

Le Commandeur Emmanuelli a bien noté notre prochain rendez-vous officiel sur son agenda. Déjà, il est prêt à s'envoler, à nouveau, vers un prochain développement d'urgentistes au bout du monde ; on doit faire son bonheur avec le malheur que l'on n'a pas.

Il a un regard qui puise profond. Regard d'horizon.

– ... toi aussi, partout, tu déploies...

Ne l'imaginais-je pas christique lors de reportages télévisés sur le Samu social en intervention auprès de ceux « qui ne sont plus que des ombres, pour qui *depuis longtemps les dés avaient été jetés* », médecins en maraude penchés sur ceux à terre ; apparition des blouses blanches qui faisaient me sentir si petite.

Pourquoi me paraît-il comme la pièce d'un puzzle de vie qui trouve place en dernier et en révèle l'image ?

– À vite !

Xavier a le regard de celui qui sait.

– À vite...

Qui d'autre que Boris pourrait m'honorer au Sénat de la distinction d'Officier, aux côtés de… Xavier ?

Lui et moi en cérémonie officielle sous les ors de la République. Côte à côte comme une évidence confirmée en public. Des mots qui viennent de loin. Boris félicite mon invention d'« emotional connections » ; l'étendue du maillage humain sans frontières. Est-ce que je cite, en réponse, « le sens de la Communauté humaine de destins » cher à notre précieux Edgar Morin, compère de Colloques aux Ambassades ou des Nuits des Musiques Sacrées de Fès, infatigable complice à la voix suave qui distille la joie.

Tout le monde est là.

Ceux et celles de toujours. Discrets repères et piliers. Intimes et proches. Volontaires qui tissent inlassablement ces Liens. Étudiants ou anciens élèves. Et ceux de l'ombre, innombrables, que l'on ressent. Absents au Plus-que-présent.

Je remercie la salle au micro du Sénat, salue les fidèles présences qui étendent le maillage, et les soutiens inconditionnels de mécénat aux Femmes d'Action dans le monde.

« Tu viens pour moi… ? » Les mots simples d'un enfant de Saint-Vincent-de-Paul que je cite terminent la cérémonie ; émerveillement dans le regard du petit qui attend mes visites ; peur d'y croire ; « … juste… pour moi ? ».

Sourires. Flashs. Moi, épaulée, portée par tous ceux et celles qui me font face.

Si un battement d'ailes a un impact à l'autre bout du monde, que dire d'un regard ?

Médaille épinglée, yeux dans les yeux.

Accolades.

Boris et moi joyeux comme deux enfants en récré surpris sur des photos d'amis.

« Des étoiles qui savent rire ».

Musique.

Comme ces soirées piano ou guitare à partager des refrains, répéter les paroles après Boris qui ne se fait pas prier, plus que son épouse, pour chanter.

« Balayer le passé…

Non, rien de rien, non, je ne regrette rien… »

Boris qui confirme ; « c'est vrai, non, rien de rien. »

Musique !

– Vrai, Boris ?

Comme je voudrais répéter avec lui… je ne regrette rien.

Je marche seule jusqu'à la Seine quand les invités de la cérémonie, un à un, s'éloignent, silhouettes qui disparaissent dans les rues étroites, évènement qui déjà s'efface, emporté au large.

À ma place sur les quais, j'écris des mots crescendo d'une portée dans l'attente de la clé. J'aligne des mots sourdines. Pauses ou allegro, battements jusqu'à ce que les rythmes s'épuisent.

Les mots savent de nous ce que nous ignorons.

Ligne à ligne, les syllabes déferlent, me perdent ou m'éclairent, des mots éclats de rire ou sanglots. Les horizons miroitent, les phrases tanguent aux soupirs ourlés des vagues.

Je respire au rythme du ressac. Mouvement de la Seine ou écume des rivages. J'ai des yeux de sable, des lueurs de ciel, des murmures de clapotis. Je suis ce rien infini. Vaste au-delà du regard, à l'horizon affranchi des ici et là-bas.

Le vent souffle ses « qui sait ? » si frêles que j'en tremble.

Comme le sang circule, l'encre coule. « Quelle veine ! » a chuchoté, face à mes livres, une invitée, désolée de ne pas écrire.

Les cumulus écument au-dessus du fleuve comme au-dessus du parc de San Salvadour aux pins sculptés par la force des vents. Je n'ai pas vu Boris disparaître de la salle du Sénat, l'homme imposant qui glisse comme une ombre, dont la voix susurre, même en conférence, comme pour ne jamais réveiller d'autres voix vociférant l'arrêt de mort de ses parents a, très tôt, définitivement appris aussi à échapper aux regards… « je me sauve… ».

La lumière des invisibles dévoile, point par point,

les fils d'un canevas, révèle, un à un, des fragments d'images, comme un brouillard se fait peu à peu lumineux.

« Ce ne sont pas les rencontres qui comptent, mais ce que l'on en fait », a souligné Xavier.

On ne meurt pas. On se donne à l'infini.

Le temps d'apprendre à vivre…

Au rythme entraînant du courant, les mouvements de la Seine se confondent, font revivre le flot de la rivière morvandelle.

Les vagues précipitent les images ; Paris, le Morvan, San Salvadour… Passage de l'obscurité à la lumière. Mirages.

J'entends encore les silences de Marie-Louise au fond de son potager, près des peupliers aux bruissements du soir qui annoncent la pluie. La météo ? Pour quoi faire ? Elle écoute plutôt son ruisseau. La télé ?… Comme si elle n'avait pas assez à regarder !

Toujours un feu de p'tit bois dont les éclats sur la nuit se mêlent à ceux des étoiles à l'heure où chaque ferme brûle aux prés bas ses déchets comme on efface courtoisement son passage.

Avec ses « à quoi je pense ? » j'entends Marie-Louise railler mes « comment ? », mes « pourquoi ? ».

Stop !

« Elle étudie trop, la p'tiote ! » Mieux vaut que je tourne pas mal comme les érudits qui s'inventent un pouvoir à coups de règles, ceux qui dominent à coups de malices d'orthographe ou de faux savoirs. Ouais !

Ses soupirs se perdent dans le soir.

Je respire dans le vent, hors le temps, affranchie des distances.

Ma mère « *enjol*ivait » le réel avec ses accents de destinations princières évoquant le « Palais » San Salvadour pour adresse de mes « séjours » ou bien encore ceux de « Côte-*d'Or* ? »

– Du coup, même si t'as retrouvé le collier numéroté que tu portais, tu ne pouvais pas reconnaître ce si « pauv' Morvan ».

Le courant m'entraîne, nulle part et partout. Lames vers le large et écume échouée sur les berges.

La lune projette, loin, mon ombre et les reflets de la Seine submergent, j'ai des yeux de sable.

Boubat avait confirmé Einstein ; « L'éternité est bien notre propre essence puisque nous sommes énergie et comme l'énergie ne meurt jamais… voilà ! »

L'espoir cligne. « Si ta vie ressemble à un ténébreux orage, avait observé Benoîte, elle semble plutôt traversée par de brillants soleils, non ?

J'ai des mots plein la tête.

Des paroles qui apaisent.

Mimi avait prévenu ; les morts se sont juste retirés. Absents libres de frontières, au-delà des apparences de la chair, du temps ordinaire.

« *On te dira que je suis mort mais ce ne sera pas vrai… pas vrai* »… les mots d'amour jamais ne se taisent, les mots battements de sang qui hantent les pensées et les rêves.

Cesser de vivre n'est pas cesser d'exister.

Ma complice m'affirmait les forces de l'esprit ? « Écoute… »

Au-delà des mots. Des rêves plus que réels. Leur écho.

Écoute…

Marie-Louise s'accoude chaque soir à la barrière qui entoure le champ aux vaches. Elle ne rate ni le lever du jour, ni la tombée de la nuit.

Elle domine le cimetière en contrebas. Paisible…

– Pas comme chez « ton » grrros con de Toine, sa ferme désormais plus scellée qu'un tombeau derrière ses vitres noires de crasse, ses papiers, ses photos, sa vie éparpillée partout dans sa salle, et la végétation qui recouvre tout, faut voir…

Et dire qu'il y en a qui s'y croient… on est peu d'chose !

« On naît nu et on repart nu… et qui sait jamais qui nous accueille ? » rirait Sœur Emmanuelle.

« Nous sommes un grain de sable dans l'univers », répétait ma mère.

– L'après-vie ? Pas besoin de gamberger ; y a qu'à voir le soleil et la lune, pas d'avant, ni d'après, tout tourne, c'est tout.

« La Marie-Louise n'a pas d'enfant ?... elle a assez avec ceux des autres ! Est-ce qu'on sait d'ailleurs jamais qui se pointe à travers soi ? » Ben vrai !

Elle en est sûre ; la Dass, San Salvadour ; tout ça ne m'a-t-il pas permis d'arriver là ? À ma place ?

À quelque chose malheur est bon !

Face à la mort, Marie-Louise voit la vie, celle sur la souche du grand arbre de sa cour, « là !... ce qui revit ». Les parfums, les couleurs et les sons se répondent.

– Il faut célébrer la mort pour honorer la vie ! S'il n'y a pas de fin à tes romans, y a pas de commencement !

Je sais ses yeux rieurs, pareils à la Sœur, sa silhouette en tablier face à son potager, aux pousses menues qui percent la terre, aux bourgeons qui apparaissent.

Pour que rien ne meure. Pour que tout recommence.

Les souffles de la nuit s'avivent d'étoiles qui savent rire.

Les voix parviennent en concert ; échos des « sois légère » ou les promesses de Boris ; « *La nuit, j'écrirai des soleils* ».

Réponses dans le vent.

La Liberté est dans notre regard porté, a chuchoté Xavier. Le tout pouvoir est là.

Comment saurais-je qu'il m'invitera bientôt à connaître ses nouveaux locaux du Samu ? À découvrir ses missions *Enfance* largement affichées dès l'entrée ?

– Où ?…

Comment imaginer que j'en aurai le regard brouillé en reconnaissant, exsangue, son nouvel espace attenant… à mon orphelinat Saint-Vincent-de-Paul ?

La même ouverture sur le ciel tremblotant du feuillage des arbres séculaires !

Les mêmes ombres du dôme, les mêmes murmures de dortoirs de l'immense bâtisse légendaire.

J'oscillerai entre gorge serrée et cœur ouvert. Plus de mots. Juste un chuchotement ; « mais, comment… ? »

Juste le vertige d'un moment miracle.

Xavier debout devant la baie vitrée sur le ciel. Plan large.

– … alors, maintenant… c'est toi, Xavier, qui est là ? !

Ombres mouvantes des arbres.

– Tes *Liens du Sens* évidemment, aussi, n'est-ce pas ? Pas de hasards… que des rendez-vous, tu vois ?

Il semblerait que tout prend place, surréel, que tout prend sens. Les murs s'ouvrent tout autour.

– Tu viendras y œuvrer aussi ici, n'est-ce pas ?

Bruissement du feuillage sur le ciel où les ombres s'effacent. Xavier s'est levé vers moi.

Qui étreindra, le plus fort, l'autre dans ses bras ?

Les images déferlent. Les mots, s'orchestrent, jamais ne s'arrêtent.

Les silences intarissables répètent; « *on te dira que je suis mort, mais ce ne sera pas vrai... pas vrai...* »

Je perçois les mots de la Sœur; *Les Liens du Sens*... pas mieux pour désigner la foi !

J'entends ceux de Marie-Louise pareils aux souffles de la nuit. J'entends ses « tu vois... » comme on ouvre le regard. Échos des collines.

– Tu vois derrière le mur des désincarnés ?... Ben oui, le mur du cimetière; faut pas pleurer devant les tombes, y a personne...

On ne meurt pas, on se désincarne, tu sais bien, tout se transforme... *On te dira que je suis mort*... Tant de vivants qui ne sont pas en vie, et de morts... tellement vivants.

Elle désigne la souche feuillue de son grand arbre; tout revit, mais, qu'est-ce qu'ils croient donc, les gens de la ville ?

– Créer *Les Liens du Sens*... y a qu'ça d'vrai !

Réussir ? Ça la fait rire... Pourquoi devenir quelqu'un quand on peut être soi-même ?

Soigner les racines pour survivre.

– Dans not' Bourgogne, tu l'sais toi; plus la terre est pauvre, plus le vin est riche... Profond qu'il faut puiser !

– En semant partout des repères, on dirait bien que ça fait germer les tiens.

Vrai, ta famille de *Sens* à toi, elle n'est pas mal !... tu vois ?

Plan large.

Les sons, les couleurs, les sensations se répondent.

Me suis-je extasiée devant une silhouette en contrebas du pré, aux gestes lents et hors le temps du semeur.

« Et alors ? Toi aussi tu sais faire... Ouais. C'est beau... »

Semer les mots.

Le vent se lève sur la Seine. La lumière a les intensités des photos de Boubat.

Eh ouais... Je perçois les voix chères qui se taisent, les images qui s'avivent, narquoises, et disparaissent. « Respire... »

« Contre la peur mortifère et les *Dangers du silence*, écrire pour insuffler la vie », ne s'était pas trompé mon éditeur.

« Non, rien de rien, je ne regrette rien... », c'est vrai, Boris ?

« Toute rencontre est une fécondité » ; le Père a affirmé la joie dans la petite église de la presqu'île avec les intonations de la Sœur et les accents de Xavier qui transcende Saint-Vincent-de-Paul en m'y ouvrant ses bras.

Fuir le malheur ? Boris en est sûr ; chercher plutôt comment, et grâce à quoi et à qui le surmonter, n'est-ce pas ?

Instant arrêté au cadran de l'existence.

Transformer le malheur en épreuve.

En confiance incommensurable que l'on doit à ce qui nous dépasse… Ouais.

« … *sois légère* ». Les mots virevoltent. Mots sésames qui ouvrent le large.

Encore un jour, encore une heure… Mouvement du vent… du ciel… du fleuve…

Les voix se font chorale.

Vous voudriez au ciel bleu croire ?
Je le connais ce sentiment
J'y crois aussi moi par moments
Comme l'alouette au miroir.
J'y crois aussi je vous l'avoue
À n'en pas croire mes oreilles…
Ah je suis bien votre pareil
Ah je suis bien pareil à vous.

Livres cités

Bredin, Jean-Denis, *Un enfant sage*, Gallimard, 1990.

Charrière, Henri, *Papillon*, Robert Laffont, 1976.

Cyrulnik, Boris, *La nuit, j'écrirai des soleils*, Odile Jacob, 2019.

Cyrulnik, Boris, *Sauve-toi, la vie t'appelle*, Odile Jacob, 2012.

Cyrulnik, Boris, *Mémoire de singe et paroles d'homme*, Fayard, 2010.

Cyrulnik, Boris, *Un merveilleux malheur*, Odile Jacob, 1999.

Cyrulnik, Boris, *Les Nourritures affectives*, Odile Jacob, 1993.

Darc, Mireille, *Mon père*, XO Éditions, 2008.

De Caunes, Blandine, *La mère morte*, Stock, 2020.

Emmanuelli, Xavier, *Les Prédateurs de l'action humanitaire*, Albin Michel, 2015.

Enjolet, Catherine, *Nina*, JC Lattès, 2017.

Enjolet, Catherine, *Boris Cyrulnik*, Duetto, 2015.

Enjolet, Catherine, *Plaidoyer pour l'adoption affective*, Pocket, 2011.

Enjolet, Catherine, *Sous silence*, Phébus, 2011.

Enjolet, Catherine, *Mémoires d'enfance*, Phébus, 2008.

Enjolet, Catherine, Salomé, Jaques, *L'Amour et ses chemins : Paroles à deux voix*, Pocket, 2007.

Enjolet, Catherine, *Ceux qui ne savent pas donner ne savent pas ce qu'ils perdent*, JC Lattès, 2006.

Enjolet, Catherine, *Une étoile pour chacun*, Belin, 2006.

Enjolet, Catherine, *Les Liens du sens*, Ramsay, 2003.

Enjolet, Catherine, *En danger de silence*, Robert Laffont, 1999.

Enjolet, Catherine, *Princesse d'ailleurs*, Phébus, 1997.

Enjolet, Catherine, *Rousse comme personne*, Stock, 1990.

Groult, Benoîte, *Journal d'Irlande*, Grasset, 2018.

Groult, Benoîte, *La Touche étoile*, Grasset, 2006.

Groult, Benoîte, *Ainsi soit-elle*, Grasset, 1975.

Guimard, Paul, *L'Âge de Pierre*, Grasset, 1992.

Guimard, Paul, *Les Faux Frères*, Denoël, 1992.

Guimard, Paul, *Un concours de circonstances*, Grasset, 1990.

Guimard, Paul, *Giraudoux ? Tiens !...*, Grasset, 1988.

Guimard, Paul, *Le Mauvais Temps*, Gallimard, 1977.

Guimard, Paul, *Les Choses de la vie*, Gallimard, 1973.

Guimard, Paul, *Rue du Havre*, Gallimard, 1972.

Guimard, Paul, *L'Ironie du sort*, Grasset, 1971.

Saint Bris, Gonzague, *Les Vieillards de Brighton*, Grasset, 2002.

Vitoux, Frédéric, *Au Rendez-vous des Mariniers*, Fayard, 2016.

Yonnet, Jacques, *Rue des Maléfices*, Phébus, 2004.

Cet ouvrage
a été mis en pages par In Folio,
reproduit et achevé d'imprimer
en octobre 2023
dans les ateliers de Normandie Roto Impression s.a.s.
61250 Lonrai
N° d'imprimeur : 2303167

Imprimé en France

Dépôt légal : octobre 2023